6

MARION

WANG Anyi

AMOUR DANS UNE PETITE VILLE

Roman traduit du chinois
par Yvonne André

Éditions
Philippe Picquier

Ouvrage publié sous la direction de
CHEN FENG

DU MÊME AUTEUR
AUX ÉDITIONS PHILIPPE PICQUIER

Le Chant des regrets éternels

Titre original : *Xiaocheng zhi lian*

Mas de Vert
B.P. 20150
13631 Arles cedex

Conception graphique : Picquier & Protière

Mise en page : Atelier EquiPage – Marseille

ISBN : 978-2-87730-959-2

Avant-propos

Amour dans une petite ville fit scandale lors de sa première parution en 1986 dans la revue *Littérature de Shanghai,* au point qu'il fallut attendre près de huit ans pour que paraisse enfin en Chine populaire un recueil intitulé *Sanlian* (« Trois amours »), qui reprenait ce roman ainsi que deux autres publiés à la même époque [1]. Ce texte, tranchant sur la pruderie officielle ambiante, osait parler d'amour physique, sujet considéré jusqu'alors comme tabou.

Wang Anyi choisit pour protagonistes un garçon et une fille destinés à devenir danseurs dans une compagnie locale au temps de la Révolution culturelle. Il n'est pas indifférent que l'auteur ait elle-même passé plusieurs années dans une troupe analogue à la même époque.

Elle les décrit au départ très jeunes adolescents : ils n'ont guère reçu d'éducation en un temps où

1. Ces deux autres romans sont en cours de traduction aux Editions Philippe Picquier.

l'école n'enseignait que des slogans politiques, ils n'ont aucune expérience de la vie et se retrouvent seuls, loin de leur famille. Partageant la même salle où ils s'entraînent assidûment, ils vont être lentement mais irrésistiblement attirés l'un vers l'autre.

Il peut ne pas être excessif de voir dans cette convergence de contraintes choisies la recherche d'une écriture forte qui personnaliserait, voire personnifierait, ces contraintes. On les retrouve en effet, sous d'autres formes, dans les deux autres récits parallèles du recueil de 1993, où il s'agit chaque fois d'amours étroitement situées.

Le garçon et la fille vivent une lente montée du désir, minutieusement décrite par l'auteur jusqu'à la scène cruciale du pas de deux. Malgré le rigorisme de l'époque, qui prétend interdire les rapports sexuels avant le mariage, obéissant à leur obsession l'un de l'autre, ils vont tout naturellement franchir le pas. Ils sont entraînés malgré eux dans une passion qui les dépasse : « Ils ignorent ce qu'on appelle l'amour, ils savent simplement qu'ils ont un besoin irrépressible l'un de l'autre. »

Pourtant, ils prennent très vite conscience d'avoir transgressé un interdit et, nous est-il dit, commis une faute morale irréparable. Surtout, ils se sont mis au ban de cette société où la liberté de l'individu doit s'effacer au profit de la collectivité. Dépassés par la faute, ils sont torturés par le remords mais enfermés dans leur secret, car « ils vivent en un temps d'obscurantisme, sans un aîné pour leur ouvrir l'esprit ».

Par l'extrême densité de ce texte, par son écriture envoûtante, à la fois charnelle et détachée, l'auteur donne une grande force à cette quête haletante du plaisir constamment entravée par le monde environnant. Le livre refermé, ce récit continue à brûler en nous comme un feu qui ne veut pas s'éteindre.

Cette traduction est dédiée à Roger Chazal, son premier relecteur.

Tous mes remerciements à Madame Wang Anyi qui a bien voulu répondre à mes questions sur les figures de danse classique.

Un très chaleureux merci à mes amies, Mesdames Gui Yufang à Pékin, Madeleine Bonnaud et Nicole Genest en France pour leur patiente relecture et leurs remarques judicieuses.

Enfin, merci à Florence Remy pour son enthousiasme communicatif et la pertinence de ses observations.

Marcilly-le-Châtel, mai 2007

YVONNE ANDRÉ

Ils sont entrés tout jeunes dans la même compagnie : dans *Le détachement féminin rouge*[1], elle danse *La petite combattante* et lui *La ligue des enfants.* Au sein du groupe de propagande de son école, elle a appris à faire des pointes et usé maintes paires de souliers ordinaires à semelle de coton. En revanche, du jour où elle a porté des chaussons à pointes, soulagée d'un grand poids, elle s'est sentie légère comme une hirondelle, aussi à l'aise sur les pointes que si elle marchait normalement. Lui s'est entraîné aux acrobaties depuis l'enfance avec un maître en arts martiaux. Il sait tout faire, aussi bien les pirouettes que les sauts périlleux. Quand il fait le pont, sa souplesse est telle que sa tête descend jusqu'au niveau de ses pieds ; quand il lance la jambe en arrière, il parvient à frôler sa nuque de la pointe du pied. Elle n'a que douze ans cette année-là, et lui, plus âgé, en a tout juste seize. Deux ans

1. *Le détachement féminin rouge* : célèbre ballet révolutionnaire, issu d'un opéra de Pékin moderne, en vogue dans les années 1960.

plus tard, *Le détachement féminin rouge*, passé de mode, n'est plus à l'affiche et la troupe monte *Le chant du mont Yimeng.* Un professeur de danse du conservatoire de province vient sur place leur faire cours toute une journée. Cela lui suffit pour déceler en eux des anomalies de morphologie causées par un mauvais entraînement qui a développé leurs muscles en volume et non en longueur, leur ôtant élasticité et force. Ce professeur l'attire tout exprès au milieu du studio, la fait tourner sur elle-même, la plaçant de profil pour montrer à tous les défauts de ses jambes, de ses fesses et de ses bras. En effet, avec ses jambes fortes, ses fesses larges, ses épaules carrées et sa taille enveloppée, elle n'a en rien la silhouette d'une danseuse. Deux seins bien plus généreux que la moyenne, collines fièrement dressées, lui donnent nettement plus que ses quatorze ans. Guidés par le professeur du conservatoire de province, les membres de la troupe l'examinent sous toutes les coutures, avec une certaine réticence. Elle s'efforce de dissimuler la honte qu'elle éprouve en affichant une fière indifférence, elle redresse la tête, bombe le torse, relève la croupe et lance aux autres des regards méprisants. A l'époque, elle le dépasse d'une demi-tête. Quant à lui, on ne sait par quel caprice de la nature sa croissance s'est arrêtée, si bien qu'il conserve, à dix-huit ans, un corps de garçonnet. Il ne peut interpréter que des danses d'enfant, mais par constraste avec son costume, son visage, qui fait plus que son âge, paraît un vrai visage d'adulte. La troupe aurait sans doute choisi une autre orientation pour lui depuis longtemps s'il ne possédait une extraordinaire virtuosité.

Ils ne sont pas premiers danseurs mais s'entraînent assidûment, matin et soir, seuls dans le studio. Par grand froid, vêtus d'un mince collant, même à distance, ils perçoivent l'âcre et puissant relent de sueur et l'odeur qui émanent du corps de l'autre. Il sent fort, mais elle n'a rien à lui envier. Sans bien savoir ce que cela signifie, ses compagnes de chambre l'accusent de puer le renard et refusent d'occuper le lit voisin du sien. Elle s'en moque et songe : « Tant pis si je sens le renard, ce n'est pas à vous que cela arriverait ! C'est une véritable rareté, une chose qui n'est pas donnée à tout le monde ! » Malgré tout, elle en éprouve un pénible sentiment d'infériorité. Chacun sait que cette odeur de sueur n'a rien à voir avec l'odeur fétide du renard et qu'elle exhale simplement une odeur un peu forte. Parfois, ils s'immobilisent au milieu d'un exercice, reprenant leur souffle, se regardent, reniflent, et elle lui dit, étonnée : « Tiens, tu sens la pastèque ! » Baissant la tête, il lève le bras pour renifler son aisselle et rit : « J'ai une sueur sucrée, l'été, je suis dévoré par les moustiques. » En effet, sa peau blanche est constellée de petites cicatrices brunes, restées depuis l'été. Puis, surpris, il lui dit : « Toi, en revanche, tu sens le *mantou*[1] en train de cuire ! » A son tour, elle lève le bras pour humer sa sueur et rétorque : « J'ai une sueur acide, les moustiques ne me piquent pas ! » Effectivement, sa peau lisse et bronzée ne porte pas la moindre trace de piqûre, si petite soit-elle. Ils rient, puis chacun reprend ses exercices, venant parfois en aide à l'autre. Comme elle a du mal à travailler l'en dehors, il lui donne un coup de main : il la fait s'allonger sur le dos, plier les jambes puis écarter les genoux jusqu'à ce qu'ils touchent le sol. Quand elle se relève, elle laisse sur le plancher laqué de rouge la trace humide de son corps avec les deux jambes de chaque côté évoquant à s'y méprendre une grenouille. Cette trace met un certain temps à disparaître. Il s'exerce alors à faire des déboulés en manège autour de cette empreinte sans pouvoir s'en éloigner, comme s'il était le jouet de quelque sortilège, jusqu'à la disparition de toute marque sur les lattes du plancher. Lui, de son côté, espère grandir de quelques centimètres, persuadé que l'élasticité des ligaments doit lui permettre de les étirer. Dos au mur, il lui demande de l'aider à pousser sa jambe tendue vers sa tête. Elle y met toutes ses forces, le visage collé à son creux poplité. Avec le temps, à sa place habituelle au bout de la barre d'exercice, se dessine sur la blancheur du mur passé à la chaux une silhouette jaunâtre d'unijambiste qui ne

1. *mantou* : petit pain de farine blanche cuit à la vapeur.

s'efface plus. Quand elle s'entraîne à la barre à cet endroit, elle est attirée par cette silhouette dont son regard suit le contour depuis le talon jusqu'en haut de la cuisse.

Cependant, malgré leur persévérance, plus ils s'entraînent, moins il grandit, plus elle s'élargit. Il est vrai qu'elle est grande, mais bien loin d'avoir la fine silhouette d'une danseuse. Quoi qu'il en soit, avec le temps, chacun prend un an de plus.

C'est une toute petite ville ceinte de plusieurs cours d'eau, avec une route étroite qui conduit à la voie ferrée. Son originalité lui vient de ses arbres. Sophoras, ormes et saules, peupliers, cédrèles et pêchers, pruniers, abricotiers, jujubiers et plaqueminiers lui font un cerne d'émeraude. Depuis les bateaux qui descendent le cours du fleuve, s'aperçoit au loin une oasis débordant de verdure. S'approchant, on distingue les maisons de briques grises à toits rouges. Encore plus près, on entend la mélopée sereine des porteurs d'eau. En effet, les habitants ont l'habitude de boire l'eau de la rivière car celle des puits leur donne la colique. Les porteurs livrent l'eau à domicile par charrette à bras portant un tonneau goudronné. Les cahots sur le chemin inégal font jaillir des éclaboussures du tonneau plein d'eau. Les roues des charrettes ont raviné plus ou moins profondément le chemin qui longe la rivière. D'innombrables ornières s'entrecroisent et quand la roue d'une charrette passe de l'une à l'autre, elle bute sur la bosse de terre qui les sépare, transformant le chant du porteur d'eau en trille rythmé. Le chant s'éloigne tandis qu'un autre se rapproche, obsédant, toujours associé à la verdure des bouquets d'arbres. Cependant, le bateau est reparti après avoir abandonné quelques dizaines de voyageurs et plus de dix palanches lourdement chargées. Par la passerelle vacillante, tous les arrivants sont montés sur la berge et s'éloignent par le chemin de terre en direction du centre de la ville.

La plupart des rues sont revêtues de pavés polis par l'usage. A travers les semelles de coton, les passants ressentent la bienfaisante chaleur des pierres chauffées au soleil. Les charges des marchands oscillent au bout des palanches, leurs pas font trembler le sol. Ils ne déposent leur fardeau que lorsqu'ils sont parvenus au cœur de la ville. Ils apportent de la ciboule nouvelle fraîchement cueillie, où perle encore la rosée. Aujourd'hui, dans neuf foyers sur dix, on mangera des raviolis farcis à la ciboule et toute la rue exhalera son odeur alliacée. La palanche libérée de ses bottes de ciboule s'éloigne tout doucement, portant une charge de beignets.

Une charrette qui part vers le sud acheter du fourrage passe au trot dans la rue. Elle arbore, en guise de voile[1], un morceau de drap. Tête basse, la vieille jument souffle ; près d'elle caracole un poulain en liberté, levant haut ses jambes grêles. Tantôt il ouvre la marche, tantôt reste à la traîne, tantôt folâtre de droite et de gauche, bousculant l'éventaire de gelée de pois verts d'une grand-mère, sans que personne ne s'en formalise. Tout le monde s'écarte devant lui et le laisse batifoler.

Sur les murs où la chaux pelée laisse voir les briques sont placardées de grandes affiches annonçant les programmes du cinéma et du théâtre. La place de cinéma coûte dix centimes et trente celle de théâtre. Les films montrent des ombres qui se meuvent avec talent, tandis qu'au théâtre les acteurs, certes moins bons, sont présents en chair et en os. Somme toute, le prix est justifié. Chaque soir, les deux salles font le plein de spectateurs, juste comme il faut.

Le soir venu, quand tous les marchands ambulants sont repartis et que les boutiques ont fermé leurs volets, dans l'obscurité de la rue, les pavés reflètent le brillant clair de lune. Les portes se ferment, les fenêtres se closent, puis, un moment plus tard, les lumières s'éteignent. Les enfants rêvent à leur vie quand ils seront grands, les vieux songent au temps de leur jeunesse. Quant aux hommes et

1. Dans la plaine du Nord, on tend souvent une voile sur les brouettes ou les charrettes pour s'aider de la force du vent.

aux femmes qui ne sont ni jeunes ni vieux, ils se livrent dans l'obscurité à d'autres plaisirs et sèment des graines de vie. L'an prochain à pareille époque, dans la petite ville, seront apparues de nouvelles vies vagissantes.

A présent règnent calme et obscurité.

Au cinéma, sur l'écran lumineux, s'agitent des silhouettes humaines, jouant une histoire faite de tristesse de la séparation et de joie des retrouvailles. Au théâtre, sur la scène brillamment éclairée, des acteurs bien réels jouent des personnages imaginaires.

Ils s'entraînent sans relâche : voudraient-ils s'arrêter qu'ils ne le pourraient pas. En effet, si elle s'arrêtait, elle s'épaissirait encore davantage, et lui n'ose pas prendre la moindre once de graisse, car s'il s'étoffe en largeur, il paraîtra encore plus petit. Ils en sont donc réduits à s'entraîner durement.

En réalité, cela n'est pas si pénible, c'est même plutôt plaisant. Elle a tant grossi qu'aucun vêtement ne lui va et qu'elle se sent gauche et mal à l'aise dans tout ce qu'elle fait. Elle n'est en harmonie avec elle-même que lorsqu'elle a ôté un à un tous ses vêtements, ne gardant que son maillot de danseuse. Quand elle enchaîne des mouvements qu'elle ne fait pas dans la vie courante, elle sent monter en elle une sensation de bien-être. Se regardant sur toutes les faces dans le miroir, elle songe qu'il est vraiment injuste de la trouver laide et gauche. Telles des perles, les gouttes de sueur roulent sur sa peau satinée. Sa chevelure trempée de sueur colle sur son long cou épais. Ses cheveux, plantés bas sur la nuque, descendent presque jusqu'en haut de son dos. Ils bouclent en séchant, si bien que, vue de profil dans le soleil, elle a l'air d'un mouton. Quant à lui, c'est seulement en collant d'entraînement qu'il a l'air un peu élancé. D'ailleurs, quand on possède une telle maîtrise des arts martiaux, une petite taille n'a plus aucune importance. Lorsqu'il exécute des figures de *gongfu*[1] particulièrement difficiles, son cœur est rempli d'une immense allégresse. Sa veste enlevée, son torse nu révèle un dos très pâle mais rugueux : il a le visage et tout le corps couverts d'acné juvénile. Les aliments que l'on absorbe font soit grandir soit grossir, mais chez lui, ils font prospérer ces boutons rougeâtres, gonflés, comme s'ils exprimaient toute la vigueur et la force de sa jeunesse triomphante. Quand, peu à peu, l'éruption régresse, elle laisse des cicatrices brunes creusées au centre, particulièrement nombreuses dans son dos qui ressemble à un rocher couvert d'aspérités. Chaque cicatrice brune sécrète une grosse goutte de sueur transparente.

1. Ou kungfu, art martial chinois.

Transpirer fait l'effet d'un bain, la sueur rejette toutes les impuretés contenues dans le corps. Après une bonne suée, on se sent frais et dispos.

Une minuscule pièce cimentée, accotée à la chaufferie qui leur fournit l'eau chaude, sert de salle d'eau. Juste à côté, un puits permet de tempérer l'eau de la cuvette. On l'emporte à l'intérieur et on la pose sur une plateforme en ciment au pied de laquelle court une rigole d'évacuation. Un portemanteau est fixé à la porte pour accrocher les vêtements et c'est là toute l'installation. La pièce sert aussi bien aux garçons qu'aux filles. Si la porte est fermée, il faut crier : « Il y a quelqu'un ? » De l'intérieur, on répond : « Oui ! » Si c'est une voix féminine, le garçon se détourne pour attendre discrètement, et vice versa. Si c'est une fille qui arrive, la première occupante tire le verrou et se dissimule derrière la porte pour la laisser entrer avant de refermer. Par temps de chaleur, on se bouscule dans la salle d'eau, ce qui entraîne constamment des conflits. L'hiver, en revanche, il y a peu d'amateurs. Tournée vers le nord, la pièce sans fenêtre, froide et humide, ne reçoit jamais le soleil. Elle n'a aucun moyen de chauffage. La porte de bois brut entrouverte laisse voir le ciment blanchi par l'eau. S'ils ne venaient pas chaque jour se laver à tour de rôle en laissant des flaques d'eau, le lieu paraîtrait encore plus lugubre. Il la laisse toujours passer la première pour que, réchauffée par l'exercice, elle ne sente pas trop le froid. Cependant, elle n'ose pas s'attarder pour ne pas se geler. En attendant qu'elle ait fini, il continue ses exercices pour ne pas se refroidir. Il s'exerce à faire de grands sauts tout autour du studio, et lorsqu'il passe sous les fenêtres nord, il croit entendre des clapotis dans la salle d'eau. Il ne peut se défendre d'évoquer l'eau qui coule sur son dos lisse et potelé, se partage en deux ruisseaux qui descendent le long de ses jambes massives jusqu'au sol cimenté. Un jour où elle n'a pas déplacé les pieds en se lavant, quand il entre dans la salle d'eau avec sa cuvette, il voit les deux empreintes de mules restées sèches au milieu d'une flaque. Il les fixe du regard et peu à peu surgissent deux chevilles, les mollets, les genoux, les cuisses, et ainsi jusqu'en haut, comme si le corps de la jeune fille se dressait tout entier sous ses yeux. Tout à cette pensée, il laisse refroidir l'eau de sa cuvette.

Le lendemain, il lui achète un seau en plastique vert pomme, car il se souvient qu'elle s'est plainte de la petite taille de sa cuvette qui ne lui permet pas de se laver comme il faut, même si elle la remplit deux fois. « Un seau, c'est beaucoup », pense-t-il. Sans doute qu'avec autant d'eau, elle peut se doucher tout son content, car depuis lors il n'a jamais revu la trace de ses pieds, noyée sous l'eau à profusion.

La chaleur déforme le seau qui devient ovale au bout de son bras. A travers la paroi vert pomme, le soleil teinte de vert tendre le liquide et la vapeur qui s'élève doucement du seau. L'eau clapotant dans le seau, elle entre dans l'obscurité de la salle et disparaît derrière la porte de bois vermoulu. Il fait sombre dans la pièce sans fenêtre et sans électricité, juste éclairée par un mince rai passant sous la porte. Dans le seau translucide, l'eau comme phosphorescente paraît d'un vert limpide. La serviette de toilette rêche est vite gorgée de cette eau brûlante. Elle s'asperge les épaules et laisse l'eau couler sur sa poitrine et son dos, avec la sensation de dix mille aiguilles lui transperçant la peau. Elle recommence plusieurs fois en serrant les lèvres en un sifflement de douleur sous la brûlure. L'eau baisse peu à peu dans le seau et devient trouble. Elle se rhabille alors et ouvre la porte. Le soleil l'éblouit, chaleureuse et brutale caresse qui la met en joie. Quand elle le voit, tout en sueur, qui ne cesse de faire de grands sauts, avec ses genouillères crasseuses enveloppant ses jambes noires, prise de pitié malgré elle, elle lui prête généreusement son seau. Elle le reprend le lendemain pour aller le remplir et découvre qu'après s'en être servi, il ne l'a pas rincé. Il reste un fond d'eau sale et des traces de poussière grise sur les parois. Sur le point de lui lancer des reproches, elle s'arrête, toute troublée. Elle penche le seau, le tourne, observe les particules qui flottent dans l'eau grise, se demande ce que c'est, des squames de peau peut-être ? Elle sait que la peau peut secréter graisse et sueur mais qu'elle peut aussi se desquamer. Ce n'est ni de la poussière ni de la terre, ce sont des particules de peau. Cette pensée la dégoûte. Elle remplit le seau à moitié, jette l'eau puis en reprend pour nettoyer les parois. Sous sa paume, le plastique n'est pas lisse, comme s'il restait quelques saletés impossibles à déloger. Elle prend de l'eau dans ses mains et, malgré l'obscurité de la pièce, distingue quelques particules qui nagent dans l'eau claire comme des poissons. Ce jour-là, après s'être lavée, elle ne se sent pas parfaitement propre. Son dos la démange, elle a des mouvements spasmodiques assez laids des épaules et du dos. Ses camarades de chambre éprouvent encore plus de répulsion envers elle, elles s'imaginent qu'elle doit avoir des poux ou quelque autre parasite. Pourtant, elle se lave tous les jours alors qu'elles-mêmes ne vont aux bains publics qu'une fois par semaine.

Comme celui destiné aux hommes, l'établissement de bains pour femmes se compose d'un grand bassin dans lequel on se plonge, comme on plongerait des raviolis dans une casserole d'eau bouillante. Quand arrive l'après-midi, l'eau est aussi trouble que de la bouillie. Grâce au statut particulier dont jouit dans la ville la compagnie de danse, l'établissement ouvre deux heures plus tôt le samedi matin pour permettre aux danseurs de prendre leur bain avant que les paysans des alentours n'arrivent en ville. Les filles apportent leur cuvette et puisent de l'eau dans le bassin pour se laver. Quand elles ont fini leurs ablutions, elles sortent l'une après l'autre, les cheveux humides flottant dans le dos, les joues vermeilles, portant leur cuvette pleine de linge sale posée sur la hanche à la manière de Xishe la lavandière [1]. Une longue file de paysans aux yeux chassieux, tout grelottants, les regardent avec envie. Ils cherchent à imaginer ce que peut être leur vie aussi heureuse que celle d'une impératrice.

Les après-midi d'hiver, on voit, dans les rues, des paysans et des paysannes au visage rougi par la vapeur chaude des bains publics.

Ces villageois aux joues rubicondes se hâtent, tout contents, vers la sortie de la ville, portant une palanche sur l'épaule, un panier au bras, ou tirant une voiture à bras : une rue mène au quai d'embarquement, l'autre file vers le nord en franchissant l'écluse de dérivation des crues. Le soir, derrière les trois drapeaux rouges en terre qui la dominent, le soleil descend peu à peu au-dessus de l'écluse. Il teinte de rouge les drapeaux aux couleurs depuis longtemps passées. C'est le moment où le vacarme est à son comble au pied de l'écluse : les grincements des voitures à bras sont entrecoupés de rares timbres de bicyclettes. Les semelles des souliers de

1. Xishe : célèbre beauté de l'Etat de Yue, qui séduisit le prince de Wu et causa la ruine de son royaume (Ve siècle avant notre ère).

coton cousus par les femmes impriment sur le ciment poussiéreux des points plus ou moins réguliers. Tous se hâtent dans le soleil pour rejoindre la route de terre où leurs pas sont noyés dans la terre qui poudroie.

C'est la saison sèche, il n'a pas plu depuis trois mois. Le chemin est couvert d'un bon pouce de poussière qui leur recouvre les pieds. La terre est fissurée, les mares à sec, l'eau des puits trouble. Au pied de la digue, les basses eaux de la rivière ont découvert des mousses vert sombre. Quand le soleil écarlate plonge derrière l'écluse, comme par un tour de magie, il disparaît au loin derrière un bouquet d'arbres. Chaque bouquet d'arbres recèle un village que l'on voit, tel un mirage, sans pouvoir l'atteindre. Dans la nuit profonde, quand le calme est revenu, de longs aboiements parviennent de là-bas. En ville, les chiens n'aboient pas mais des milliers de chats sont en effervescence. A cette période, chaque nuit se font entendre leurs miaulements aigus, à la fois sanglots, rires, halètements, soupirs, qui agitent la ville entière et perturbent le sommeil de ses habitants. Un vieux garçon solitaire, sans prendre le temps de se lever, brandit une palanche qu'il fait tournoyer. Pourtant, il ne parvient pas à séparer les deux bêtes, comme si elles étaient nées liées comme des siamois. En regardant mieux, il découvre deux chiens silencieux. Les chats ont déguerpi depuis longtemps. Ils continuent à miauler à se déchirer les entrailles. Le lendemain au lever, l'homme frotte ses yeux rougis par le manque de sommeil, commence par maudire les chats, puis injurie les chiens. Il lève la tête vers le ciel qui semble toujours se refuser à pleuvoir et maudit aussi le ciel. Enfin, il se souvient d'un couple d'étrangers qui enseignent au lycée voisin. Ils portent des pantalons à rayures et à fleurs pour dormir, pas pour sortir. Comment peut-on faire des pantalons à rayures ou à fleurs, c'est tout de même choquant !

Ils ont passé un rude hiver à s'entraîner, et voici qu'au printemps arrive la sécheresse. Elle : on ne peut plus dodue, tel un fruit précoce, mais mal développé. Lui : son corps, aussi ferme que sa volonté, et pourtant pas grandi d'un millimètre. Elle, un tempérament d'enfant dans un corps d'adulte, se met à rire ou à pleurer pour un rien, et aussi naturellement qu'un ciel d'été, passe en un clin d'œil du rire aux larmes, sans que les autres y voient rien d'anormal ni d'affecté. Cependant, elle est d'une naïveté stupéfiante. Si l'on taquine un enfant dans la cour, à force d'insister, on finit par lui arracher cette phrase : « La nuit, mon papa mord la bouche de ma maman. » L'affirmation fait secrètement sourire les adultes, mais ils font semblant de ne pas avoir entendu et parlent d'autre chose. Elle seule s'esclaffe, se tord de rire ouvertement, empêchant les autres de faire comme si de rien n'était. Tout le monde rougit, voudrait la faire taire, mais elle continue, sentencieuse : « Cet enfant ne comprend rien à rien ! » Les autres, à bout de ressources, ne peuvent que s'exclamer : « Quelle petite sotte ! » Mais elle s'insurge : « Pas du tout, je ne suis pas sotte du tout, je comprends très bien ! » Ils n'ont d'autre solution que de l'ignorer. Plus elle prend des formes de femme, plus elle paraît puérile et stupide.

Comme lorsqu'ils étaient tout jeunes, elle lui demande de l'aider à travailler l'en dehors. Cette tâche lui semble de plus en plus difficile, mais il ne peut refuser, aussi est-ce pour lui source de grands tourments. Quand elle s'étend devant lui, replie les jambes sur sa poitrine puis les écarte peu à peu vers l'extérieur, il ne parvient plus à maîtriser le trouble qui le gagne. Haletant à cause des efforts qu'il fait pour se dominer, il suffoque. Sa tête, son visage, ses épaules, son dos et ses cuisses sont inondés de sueur. Dans son corps aux formes enfantines, comme pour compenser, l'esprit s'est développé plus vite, si bien qu'il a un cœur adulte. Quand il lui écarte les jambes, lui vient à l'esprit la mauvaise idée de lui faire mal. Il y met tant de force qu'elle pousse un cri strident, aigu comme un coup de sifflet. Surpris, il hésite puis la lâche. Elle joint les genoux et croise les bras sur sa poitrine en criant toujours, puis se met à l'accabler d'insultes d'une grossièreté plus habituelle dans la bouche d'un homme, comme « J'te nique ! ». Elle n'a aucune idée du véritable sens du mot, elle y voit simplement une attaque violente propre à assouvir sa colère. Elle ne se doute pas qu'elle stimule en lui l'imagination qui s'enflamme, et voici qu'il lui lance des injures tout aussi vulgaires dont elle ne saisit pas le sens bien précis. Elle s'obstine à demeurer à terre, ses bras entourant ses genoux, mais sans garder sagement la position : elle détend tantôt une jambe, tantôt l'autre. Quand elle tend ainsi une jambe toute droite, son ventre généreux et son opulente poitrine tressautent violemment. Les injures qu'il lui lance décuplent sa colère, elle égrène un chapelet de grossièretés aussi obscènes qu'illogiques, telles que « Je nique ton beauf ! ». Encore plus excité, il riposte en des termes précis toujours plus orduriers. Pour lui couper la parole, elle lance une bordée d'insultes d'une voix de stentor afin de couvrir les siennes. La voix du jeune homme, basse et puissante, possède un lent pouvoir de pénétration. Lorsque, croyant l'avoir emporté, elle s'arrête pour reprendre haleine, la voix du garçon résonne avec vigueur. Elle découvre alors que tandis qu'elle l'agonisait de sottises, il n'a pas cessé de proférer des injures. Il est comme le violoncelle dans un orchestre qui doit rarement interpréter une mélodie, mais dont la voix est toujours présente. Sans pouvoir reprendre son souffle, elle enchaîne les injures pour le faire taire. Refusant de céder, il accompagne ses vociférations de sa voix grave, jusqu'à ce que, sans voix, à bout de forces, elle éclate en sanglots en se roulant par terre. Il se tait enfin et la dévisage tristement.

Couverte de poussière, sans hésiter, elle se frotte les yeux de ses mains toutes sales. Les larmes maculent son visage de traînées noires. Lui, le cœur serré tout à coup, prend son seau et va le remplir d'eau juste chaude comme il faut pour l'envoyer se doucher. Elle continue à sangloter sans l'écouter. Comme cette attention la réconforte, ses pleurs sont encore plus déchirants, mais aussi plus vrais. Il est bien obligé de s'approcher pour la relever. Elle se fait lourde et s'obstine à rester à terre, mais il est si fort qu'il la lève très facilement et la pousse dans la salle d'eau. Il l'entend fermer le verrou, puis lui parviennent des bruits d'eau mêlés de sanglots. Son cœur se remplit soudain de tendresse et de douceur.

L'eau dont elle s'asperge élimine la sueur souillée. Détendue, elle a l'impression de faire peau neuve. Ses larmes ont séché depuis longtemps, mais elle persiste à faire entendre des sanglots pleins d'ostentation. Pourtant, curieusement, son cœur se remplit d'une douceur qui s'étend peu à peu à tout son corps, comme si on la caressait tendrement. Elle est presque joyeuse, tout en se refusant à interrompre ses sanglots qui lui procurent un réconfort.

Dès lors, devenus ennemis, ils ne se parlent plus.

Ils continuent à s'entraîner, mais sans s'adresser la parole. Chacun s'exerce de son côté. Il ne l'aide plus à travailler l'en dehors et elle ne l'aide plus à étirer sa jambe, ils s'entraînent seuls. Le visage grave, avec un sérieux exagéré, ils semblent se livrer à une activité de la plus haute importance. On n'entend plus comme autrefois résonner leurs paroles et leurs rires dans le vaste studio dont les murs leur renvoyaient un écho assourdi. A présent ne reste que le *boum ! boum !* de leurs pieds retombant sur le sol, dont l'écho désolé paraît encore plus monotone. En contraste avec ce calme, ils ont l'esprit agité et tendu. Elle poursuit en pensée l'algarade avec lui, avec mille mots grossiers dont elle est loin de comprendre toujours le sens. Après l'avoir ainsi injurié, elle se sent bafouée, pitoyable et sans appui, elle s'attendrit sur elle-même. Elle accomplit chacun de ses mouvements de bras et de ses lancers de jambes dans une attitude de victime, mais aussi par amour-propre. Elle n'a pas conscience de faire des manières, mais elle ressent confusément que son entraînement a un nouvel objectif d'une plus grande portée. Elle n'agit pas seulement par plaisir personnel ni par volonté de progresser. On dirait qu'il y a en outre une part spéciale d'exhibition. Sur ce, encore plus exigeante envers elle-même, elle s'exerce plus durement qu'à l'accoutumée. Elle se fiche de son corps quand elle échoue et qu'elle tombe rudement sur le parquet. Elle se fait mal à en crier, mais elle se domine, se relève et refait une tentative sans grand espoir de réussite. Elle semble vouloir émouvoir quelqu'un, mais en fait, c'est elle qui est émue à en pleurer. Pendant ce temps, lui maltraite son corps en se courbant en arrière sans nécessité à un point inimaginable. Il fait descendre sa tête jusqu'à ses pieds, mais il n'en reste pas là, il la tend entre ses deux pieds puis la redresse pour observer le monde dans le bon sens. Les lignes de son corps déconcertent les autres, effarés tout à coup, qui ne savent plus distinguer le haut du bas. Mais son regard, qui a fait un tour complet de trois cent soixante degrés, contemple le monde avec le plus grand détachement. Après avoir été mis deux fois sens dessus dessous, ce monde semble avoir changé d'apparence. Il est capable de garder la position pendant vingt minutes. On dirait qu'il hait son corps, comme s'il cherchait à lui infliger une punition. Comme si son corps était indépendant de son esprit, comme s'il s'opposait à lui et que c'était son esprit qui décidait. Mais cette punition, par son excès même, semble forcer le naturel. Animés par des sentiments qu'eux-mêmes ne s'expliquent pas, ils s'imposent des souffrances excessives. C'est ainsi qu'ils accueillent la première pluie de printemps.

Voilà comment elle survient :

En prélude arrive une chaleur aussi torride qu'en juillet. On vient à peine d'ôter deux vêtements de laine que l'on ne supporte même plus une chemise. Dans la cour où habitent les membres de la compagnie commencent à apparaître des jupes légères, sans que celles qui les portent aient l'audace de sortir avec. Elles se contentent, hélas ! de s'exhiber à l'intérieur de la troupe. Soudain, le ciel s'assombrit, reste gris toute une journée, puis de grosses gouttes de pluie se mettent à tomber. Le temps fraîchit comme s'il faisait marche arrière ; en un clin d'œil, les jupes de couleur vive disparaissent, on rentre les vêtements ainsi que les couvertures ouatées qui s'aéraient partout dans la cour, et voici découvert le ciment tout mouillé. L'eau s'accumule dans les creux du sol inégal, et les gouttes de pluie qui frappent la surface de ces flaques forment des ondes concentriques. Le crépuscule qui descend sous la pluie apporte une douce mélancolie ou encore une fraîche tiédeur. Sur le toit du studio, suivant un chemin sinueux le long des arêtes des tuiles, l'eau dévale cahin-caha jusqu'à l'auvent et, en un clin d'œil, accroche un rideau de pluie au bord du toit.

Le même rideau de pluie est suspendu devant chaque maison. Appuyés au chambranle de leur porte entrouverte, les gens bavardent à travers ce rideau avec pour principal sujet de conversation la sécheresse du printemps et la pluie que voici. Tout en parlant, on mange, un grand bol de porcelaine rempli de riz dans la main gauche et dans la main droite une paire de baguettes de bois blanc un peu tordues par l'usage. Les baguettes saisissent la bouillie de riz à laquelle le sel donne une couleur brun-rouge particulièrement appétissante. Au bord du bol, quelques grains de soja en saumure et des légumes salés répandent une odeur aigre qui met en appétit à force de la respirer. Le crépitement de la pluie sur les cailloux couvre tous les autres bruits, si bien qu'il faut élever la voix pour se faire entendre. Une porte reste close, les maîtres du lieu ne sont pas rentrés, le linge resté pendu dehors est trempé. C'est un pantalon à fleurs dont les couleurs semblent d'autant plus vives qu'il est mouillé.

Le temps qui s'est rafraîchi oblige à enfiler un vêtement de laine. Les paysans n'en possèdent pas, aussi remettent-ils leur veste ouatée presque toujours noire. Après la pluie, les rues semblent désertées. La pluie a lessivé les pavés, faisant ressortir le noir sur le blanc aussi distinctement que s'il avait été tracé au pinceau. De ses eaux limpides, la rivière en crue a noyé la mousse qui recouvrait les berges. Près de l'écluse, le chemin cimenté est tout blanc, et au-delà, le chemin de terre tout noir. Dans l'ombre verdoyante des bouquets d'arbres s'abrite un village. Là-bas, un enfant est mort pendant cette grosse pluie. Il était allé au bord du lac couper de l'herbe pour le cochon et il a perdu pied en traversant un fossé plein d'eau. Après s'être propagée à quelques *li*[1] à la ronde, l'histoire a disparu, dispersée par le vent. Les habitants de la ville continuent à se féliciter de cette pluie venue à propos rafraîchir le temps et soulager les hommes. Les paysans aussi s'en félicitent quand ils voient le blé reverdi dans les champs.

Comme des ennemis, ils ne se parlent toujours pas. Les autres s'en aperçoivent et s'en étonnent. Au bout d'un certain temps, ils s'y habituent et ne trouvent plus cela bizarre. Mais après s'y être accoutumés, la chose leur paraît étrange. En effet, cette période d'hostilité semble malgré tout trop longue pour n'avoir pas une cause extraordinaire. Ils ne peuvent évidemment pas, par simple caprice, demeurer ennemis. Questionnée, elle refuse de répondre et questionné, lui non plus ne répond pas. Si, prenant l'affaire au sérieux, on persiste à l'interroger, elle sent inconsciemment que la chose prend de l'importance et garde un silence obstiné. Convaincus de la gravité du problème, les autres s'imaginent qu'ils vont parvenir à lui faire révéler son secret en la harcelant de questions. Ils ne se rendent pas compte qu'elle se sent d'autant plus injustement traitée

1. *li* : environ cinq cents mètres.

qu'ils manifestent un grand sérieux, et elle éclate en sanglots. Ces sanglots confirment leurs craintes et ils s'efforcent de pousser l'interrogatoire plus avant. Secouant la tête, elle sanglote : « Je ne peux pas parler, il n'y a rien à dire. » C'est la vérité, mais ces mots leur semblent lourds de sens. Ils insistent, mais sans mot dire, elle continue à pleurer à fendre l'âme. Sa détresse vient de ce qu'elle se sent incomprise, mais plus encore désorientée et mal à l'aise, car elle sait pertinemment qu'il ne s'est rien passé. Comme elle a conscience d'être en partie responsable de la situation, elle a peur. A la voir réagir ainsi, à demi satisfaits, ils ont un motif pour aller interroger le jeune homme. Exaspéré, il ne peut que proférer des injures. Il grince des dents et lance des jurons rageurs, sans bien savoir contre qui ni pourquoi. Il trouve la situation absurde mais il est incapable de se maîtriser. Ils s'en prennent tous à lui, exigent qu'il se calme et aille faire des excuses à la jeune fille comme s'il savait très bien pourquoi il a des excuses à lui faire. Ils sont seuls tous les deux dans le brouillard, mais en fait, eux seuls comprennent vraiment la situation. Pourtant, ils ne s'y retrouvent pas, persuadés qu'ils n'y comprennent rien, qu'ils sont victimes d'une grande injustice, qu'on se moque d'eux. On les entoure, le directeur leur prend à chacun une main et s'efforce de les joindre pour qu'ils fassent la paix. Ils se débattent furieusement, et il faut les forces de plusieurs personnes réunies pour parvenir à les immobiliser. Elle pleure, il lance des injures, elle enrage et il est exaspéré de ne pas parvenir à se dégager. Leurs mains finissent par se toucher bien qu'ils tentent encore d'y échapper, mais le geste manque de naturel. Quand elles se rencontrent, émus soudain, ils ne se débattent plus que mollement. Le directeur finit par les forcer à une poignée de main, paume contre paume. Jamais comme à présent il n'avait senti sa chair et elle non plus. Après cette poignée de main aussi brève que l'éclair, au milieu des rires, tous deux s'écartent soudain et se sauvent. Mais cet instant interminable a suffi pour qu'ils en gardent la sensation et le souvenir toute leur vie. Comme si dans ce contact fugitif comme l'éclair, le jeune homme avait pris conscience qu'il serrait la main d'une femme et que la jeune fille, de son côté, avait pris conscience qu'elle serrait la main d'un homme. Quand ils se revoient ensuite, ils se sentent si gênés qu'ils n'osent pas lever la tête pour se regarder, et encore moins se parler.

Ils persistent ainsi à ne pas s'adresser la parole, mais cette fois, avec l'approbation de toute la troupe qui ne s'en soucie plus et les laisse agir à leur guise. Ils s'entraînent comme d'habitude, avec le même acharnement. Elle ne se ménage pas et la douleur physique lui apporte un curieux plaisir, proche de l'ivresse. Plus elle se fait mal, plus elle se prend en pitié, mais plus elle persévère. Lui ne retrouve son calme que lorsqu'il a tordu son corps à l'extrême et lui a donné les formes les plus insolites. Il tire orgueil de sa cruauté envers lui-même. Mais si l'un d'eux s'éloigne, laissant l'autre seul, la volonté de se tourmenter et l'assurance s'évanouissent, l'excitation et la tension retombent d'un seul coup. En réalité, ils s'infligent ces tortures par désir d'exhibition, mais hélas ! ils sont tellement centrés sur eux-mêmes qu'ils sont incapables de distraire ne serait-ce qu'un dixième ou même un centième de leur attention pour apprécier les performances insensées de l'autre. Ils se dépensent en vain. C'est en réalité pour eux-mêmes qu'ils ont besoin de l'autre. Ces épreuves et cette endurance ne leur donnent de plaisir et ne prennent de sens qu'en présence de l'autre. Mais en fin de compte, c'est toujours pour eux-mêmes qu'ils s'exhibent, qu'ils agissent, afin de se donner confiance et de s'émouvoir.

Ils sont si jeunes et si frustes qu'ils n'ont évidemment pas conscience de cela, ils éprouvent simplement du plaisir à s'entraîner, à condition que tous deux soient présents. Comme chacun, sans bien le comprendre, a besoin de la présence de l'autre, par un accord tacite, quand l'un des deux est seul, il ne saurait être question qu'il vienne travailler. Si le premier arrive, le deuxième surgit sans avoir été convoqué. Ensuite, ni l'un ni l'autre ne s'en va de son propre chef.

Après trois averses, le temps de plus en plus chaud marque l'arrivée de l'été. Les cigales commencent à striduler avant l'aube et ne s'arrêtent qu'à la nuit. Le soleil ardent traverse le mince toit de tuiles du studio et la chaleur qui pénètre par les fenêtres ouvertes les enveloppe. Sur le parquet lavé chaque jour par leur sueur, la laque rouge se décolore peu à peu, laissant transparaître la couleur blanchâtre primitive. Elle sent la sueur ruisseler de chacun de ses pores, ce qui la met de bonne humeur. Son maillot trempé lui colle à la peau, épousant la moindre courbe de son corps. On dirait presque qu'elle est nue, sans pourtant découvrir la moindre parcelle de son corps, mais cette tenue est encore plus suggestive que la nudité, propre à stimuler l'imagination et le désir. Ses formes ne sont pas harmonieuses, comme si chaque partie de son corps, saillante ou creusée à l'excès, avait été exagérée, déformée par un caricaturiste. Quand on l'a observée longtemps et que l'on tourne ses regards vers un corps harmonieux, il peut vous paraître trop banal et sans originalité. Quant à lui, il ne porte en tout et pour tout qu'une culotte d'athlétisme et une genouillère élimée au genou gauche. Il est si mince que ses os semblent prêts à percer sa peau pâle et rugueuse. On les voit bouger à chacun de ses mouvements. Comme si la peau avait disparu, ses côtes saillantes, en deux rangées régulières, solides comme l'acier, arrêtent la sueur. Cette sueur coule puis s'arrête, un degré après l'autre, dessinant sur son corps des contrastes de lumière et d'ombre. En revanche, sur son corps à elle, sur sa peau fine et lustrée comme de la soie, la sueur coule sans entrave. C'est alors que chacun, ruisselant de sueur, tourne enfin son attention vers l'autre. Auparavant, ils ne regardaient, n'admiraient, ne chérissaient qu'eux-mêmes. A présent, voici que, reprenant leur souffle, ils découvrent l'autre. Chacun apparaît presque nu au regard de l'autre, et dans le reflet inversé de ce corps trempé de sueur, ils découvrent leur propre image dénudée. Gênés, ils détournent machinalement le regard. Ils halètent encore, par cette chaleur torride accompagnée du chant strident des cigales.

A midi, seules les cigales stridulent. Dans les rues, toutes les portes sont ouvertes sur le silence complet des maisons. Le sommeil de midi, sans un ronflement, ne s'accompagne que d'un filet de salive brillant qui traîne au bord de l'oreiller et semble, lui aussi, dégager de la chaleur. Dans le hall du grand magasin étonnamment désert, les mouches bourdonnent, dessinant des cercles. Affalées sur les comptoirs, les vendeuses dorment. Le verre leur rafraîchit la joue, et leurs joues donnent chaleur et humidité au verre du comptoir. Si par hasard un client incongru s'avance dans le magasin silencieux, ses pas glissent sans bruit sur les dalles de calcaire poli. Aucun bateau n'accoste. Le soleil ardent reflété par les eaux de la rivière éblouit. Des enfants tout nus s'éloignent le long de la berge, ils tâtent l'eau du pied, mais elle est brûlante comme si elle bouillait. Abrités sous le plateau de leur charrette à bras immobile, brancards tournés vers le ciel, les porteurs d'eau font la sieste.

Elle voudrait accomplir un grand jeté en touchant sa nuque de la pointe de son pied, mais elle n'y parvient pas. Elle retombe lourdement et le plancher qui semble venir à sa rencontre la cingle avec violence. Au contact de la tiédeur du sol, elle a un moment de faiblesse. Elle se retourne et reste allongée par terre, bras tendus, regardant le toit à deux pentes du studio. Juste au-dessus d'elle, la maîtresse poutre semble vouloir l'écraser. L'obscurité du toit, sa vaste et lointaine protection lui donnent une impression rassurante de tranquillité. Elle suit les chevrons du regard dans l'obscurité, et soudain éblouie par le soleil éclatant qui passe sous l'auvent, elle ressent une intense tristesse, comme si tous ses espoirs étaient réduits en cendre. Elle demeure étendue, silencieuse. Le temps coule le long de son corps puis s'arrête. Le vénérable sophora géant de la cour projette l'ombre légère de ses feuilles sur le bord de la fenêtre. Elle croit apercevoir la silhouette d'une cigale qui chante sans discontinuer, dont elle croit voir les ailes s'ouvrir puis se fermer. C'est alors qu'au-dessus de sa tête surgissent deux jambes osseuses, fermes comme l'acier. Les os ressortent tellement que les muscles se dissimulent, ramassés derrière la jambe. Elle renverse la tête en arrière et lève les yeux pour observer ces jambes qui portent des poils vigoureux et clairsemés jaillissant, tout noirs, de la peau blanche comme neige. Silencieuse, elle les observe et les trouve comiques. Ces jambes s'inclinent vers elle, il s'accroupit, la regarde dans les yeux et lui demande brusquement :

« Veux-tu que je t'aide ?

— Non ! »

Elle voudrait crier, mais sa voix s'enroue, elle n'y parvient pas. D'une détente, elle se redresse. Sans attendre, il la saisit sous les bras avant même qu'elle soit assise et, d'une poussée, la met debout. Elle peine à retrouver l'équilibre, mais les mains qui la serrent comme deux pinces la forcent à se remettre d'aplomb. Les mains du garçon la tiennent sous les aisselles brûlantes alors que le reste de son corps est frais. La chaleur qui se dégage de cette seule partie de son corps l'emporte de loin sur tout le reste. Elle n'a pas l'impression d'avoir chaud, pourtant sa sueur coule, allègre comme un chant. Quand elle a retrouvé l'équilibre, les mains du jeune homme se retirent et restent pendantes le long de son corps. La sueur de la jeune fille a mouillé les paumes et la base des pouces du garçon dont les mains sont imprégnées de la moiteur de ses aisselles. A cet instant, ces mains retombées se sentent solitaires et abandonnées. Il ne peut s'empêcher de les tendre à plusieurs reprises dans une vaine tentative pour saisir quelque chose. Elle se dirige tout droit vers la barre et reprend ses lancers de jambe. La pointe de son pied dessine un demi-cercle dans l'espace et le soleil aveuglant qui s'y accroche décrit lui aussi un demi-cercle de lumière. Elle se cambre si fort que ses fesses déformées s'agitent en un mouvement disgracieux. Il brûle d'envie de leur lancer un coup de pied. Elle prend conscience qu'il l'observe, ce qui lui cause un vif plaisir. Le regard brûlant du garçon caresse ses jambes puissantes qui ont depuis longtemps perdu leur galbe harmonieux pour prendre une laideur sans apprêt. Elle lance ses jambes sans cesse, tendant puis relâchant les muscles, détendue et réjouie, et ne peut s'empêcher de tourner la tête vers lui. Elle s'aperçoit qu'il s'est éloigné depuis longtemps et qu'il a repris ses exercices. Déçue tout à coup, elle n'en continue pas moins ses lancers de jambes, mais elle a perdu l'entrain de tout à l'heure. Lui fait un grand écart facial, les deux jambes alignées, puis penche peu à peu le buste vers le sol. Bras et jambes toujours tendus parallèlement, il se colle au sol, ses mains tenant la pointe de ses pieds tendue. Il prend conscience de son regard qui l'agresse, posé sur les parties les plus fragiles et les plus sensibles de son corps. Il frissonne malgré lui, regroupe ses membres et se met en boule. Elle détourne aussitôt le regard. Il reste un moment par terre, recroquevillé sur lui-même, anéanti, puis il se relève et reprend courage. Il s'approche d'elle, s'immobilise, se fait violence et, tout rouge, finit par murmurer :

« Mais enfin, qu'est-ce que tu as contre moi ? »

Elle ne s'attendait pas à ce qu'il l'interpelle, et encore moins à une question aussi sérieuse. Déconcertée, elle laisse retomber ses pieds à plat sur le sol et, rouge de confusion, répond avec un drôle de rire :

« Je n'ai rien contre toi.

— Ça ne peut pas durer comme ça. Nous devons tout de même nous entraider.

— Comme tu veux », dit-elle le cœur battant, avec l'impression d'un événement inhabituel.

Et c'est ainsi qu'à partir de ce jour-là, ils recommencent à se parler, mais leur conversation semble moins riche que le silence d'avant. Cependant, le fait de se parler fait disparaître la tension, et il s'ensuit que l'excitation, l'émotion et la curiosité créées par l'attente confuse de quelque chose, la conscience mystérieuse de la nécessité d'un accord tacite, tout cela s'est évanoui. Néanmoins, ils sont finalement détendus. Endurer une telle tension était trop éprouvant et dangereux. Ils ne comprenaient pas bien en quoi consistait le danger, mais ils en avaient conscience autant l'un que l'autre.

Leurs relations ont beau être redevenues normales, ils ne retrouvent pas le cœur léger d'autrefois. Ils restent à distance, comme s'ils nourrissaient de sombres desseins, et ne s'entraident pas dans leurs exercices. Ils se contentent d'échanger des phrases brèves et sèches. Il veut l'avertir que la cantine est ouverte et que si elle tarde, elle ne trouvera plus les meilleurs plats. L'intention est louable, mais il la formule comme un avertissement : « C'est l'heure d'aller manger ! » Elle répond avec aigreur : « Je le sais bien ! » Quand elle a fini de se doucher et qu'elle lui laisse la place, elle lance sur un ton qui ressemble à une sommation : « Voilà, j'ai fini ! » Il répond avec impatience : « Je vois bien que tu as fini ! » On dirait qu'ils sont incapables d'adopter un autre ton, qu'ils ont tous deux oublié leurs conversations amicales et naturelles d'autrefois. Malgré l'aigreur de leurs propos, ils ne se mettent pas en colère. Ils ne veulent plus ni l'un ni l'autre de cette hostilité silencieuse. Ils ont eu tant de mal à rompre avec cette tension qu'ils apprécient le changement. Pourtant, c'est comme s'ils regrettaient plus ou moins leur malaise antérieur. Ils imaginaient alors des changements imprévisibles qu'ils attendaient, tremblants et craintifs. Maintenant que tout est redevenu normal, il ne peut plus rien arriver d'imprévu. Ou plutôt l'imprévu, à peine esquissé, s'est arrêté. Comme frustrés dans leur attente, ils en conçoivent un étrange ressentiment l'un envers l'autre. Aussi leur ton cassant n'est-il pas entièrement dicté par l'affectation. Il a des causes bien réelles. Elle le toise inexplicablement avec mépris, ne lui montrant que le blanc des yeux, un blanc impressionnant qui ressort sur sa peau bistre et attire particulièrement le regard. Quant à lui, sa mine toujours maussade, comme chargée de nuages noirs, paraît d'autant plus sombre que sa peau est blanche. Elle en est parfois si effrayée qu'elle n'ose pas lui manifester de l'humeur.

Il reste pourtant qu'ils ont fini par se reparler, et de ce jour-là, ils se relâchent un peu dans leur entraînement. Les épreuves qu'ils s'imposaient n'ont plus de raison d'être, ils vont modifier leur mode de belligérance et d'échange d'expérience. Mais comme ils ne trouvent pas le ton voulu, ils sont un peu dans le vague. Pendant un certain temps, sans énergie, ils semblent avoir perdu leur raison de vivre. Il est vrai qu'il fait si chaud !

Un homme fait cuire un œuf au soleil de midi sur une dalle de la rue. Il est entouré d'une centaine de curieux, la tête toute en sueur, qui en oublient la canicule. Seuls les bambins braillent à pleins poumons à cause des boutons infectés dont leur tête est couverte. Quand vient le soir, le soleil couché, le sol gorgé de chaleur, sans un souffle, rejette cette touffeur par bouffées qui baignent dans une moiteur d'étuve les lits et les nattes de bambou sortis tout le long de la rue. En réalité, il fait aussi chaud dehors que dedans, au point que même les moustiques ont disparu. Après plusieurs jours de fournaise, le ciel se couvre de nuages menaçants : il se met à pleuvoir. Telle une armée en retraite, les lits de repos et les nattes disparaissent d'un seul coup pour se mettre à l'abri. En un clin d'œil, enfants et adultes s'endorment d'un sommeil profond comme la mort. A minuit, réveillés par la chaleur, ils baignent à nouveau dans la sueur depuis l'oreiller jusqu'à la natte. Soulevant une paupière gonflée de sommeil, ils découvrent une lune resplendissante dans un ciel limpide, sans l'ombre d'un nuage.

Aux alentours, les cultures qui prospèrent font plaisir à voir. Le soja d'un beau vert sort ses cosses tendres. Les vieux paysans ont si chaud qu'ils halètent, langue pendante comme des chiens, mais ils n'en disent pas moins : « Voilà un temps normal, fort chaud quand il faut et fort froid le moment venu. » Les pastèques aussi, de l'espèce de petite taille, poussent bien. On les achète trois centimes pièce aux marchands ambulants qui arpentent rues et ruelles. La peau fine, une chair rouge vif et des graines noires. Dès le matin, dans la chaleur accablante, on appelle un marchand qui pénètre dans la cour de la compagnie. Tous les danseurs se régalent, agglutinés autour du panier de pastèques, puis, le ventre gonflé, ils demandent au comptable d'inscrire la dépense sur le compte des frais spéciaux de lutte contre la canicule. Le marchand se repose, assis à l'ombre dans le couloir près de la cuisine où passe un léger courant d'air. Content d'avoir tout vendu, il se met à raconter de douteuses anecdotes à propos de pastèques. Comment un gardien de pastèques a attrapé un couple en train de s'ébattre dans son champ. Comment une jeune femme qui récoltait des pastèques en a tant mangé qu'elle a mouillé son pantalon. Quelqu'un va le signaler aux dirigeants de la compagnie, et il s'en faut de peu qu'on mette le vendeur à l'amende du prix de ses pastèques. Il s'en tire à bon compte. Sans se tracasser, il a vendu toute sa charge, il a fini sa journée et quitte la ville tranquillement, ses paniers vides sur l'épaule. Son chemin est jalonné de puits d'eau douce tous les kilomètres : il boit de cette eau fraîche pour lutter contre la chaleur. Il se demande pourquoi ces gens s'entassent ainsi en ville dans la fournaise, sans l'ombre d'un arbre pour se mettre au frais. Ils travaillent des heures sans se régler sur le rythme du soleil. Pourtant, il est vrai que les filles de la ville sont plaisantes, avec leur peau blanche et leur chair tendre. Ils ont de la chance, les hommes de la ville !

En revanche, les gens de la ville plaignent les paysans qui n'ont nulle part où se mettre à l'abri des morsures du soleil. Il leur donne des cloques aux bras et aux jambes et leur fait peler la peau. Leurs vêtements sont fanés, jamais on ne les voit vêtus de couleurs vives. Ils n'ont pas la vie drôle !

Pourtant, leurs pastèques sont savoureuses. Le mystère, c'est ce couple de professeurs du lycée qui garde sa porte hermétiquement close par une telle chaleur. La nuit, on peut comprendre, mais pourquoi le faire dans la journée ? Ce n'est pas normal de ne pas pouvoir se contrôler en plein jour, quelle frénésie ! Pourtant, ni de jour ni de nuit, on ne voit le moindre petit arriver. La femme garde un ventre plat de jeune fille, la taille fine, des fesses étroites et une peau tendre de demoiselle.

Au sortir de la canicule, en début d'automne, il y a encore dix-huit jours torrides !

Après ces dix-huit jours de chaleur torride, la compagnie envoie quelques-uns de ses membres auprès d'une troupe connue d'une grande ville de la côte sud afin d'étudier son répertoire. Seuls s'y rendent les principaux danseurs et des membres importants de la troupe, eux deux ne sont pas concernés. Ils continuent à s'entraîner chaque jour tant bien que mal. Elle a encore grandi et s'est encore épaissie, alors que lui, qui ne grandit toujours pas, semble avoir rapetissé. Elle se trouve trop grosse, son corps lui est un véritable fardeau. Quand elle se douche, qu'elle observe ses seins étonnamment opulents, surprise et inquiète, elle ne comprend pas comment ils ont pu se développer ainsi et se demande s'ils vont continuer. Elle se figure même qu'elle a contracté quelque étrange maladie. A cette pensée, glacée d'effroi, elle est sur le point de pleurer. Elle examine chaque partie de son énorme corps, épouvantée de constater à quel point elle a grossi. Mais elle ne peut rien faire pour maigrir. A cause de cet embonpoint, elle se sent en état d'infériorité au milieu de ses camarades sveltes et délicates. Comme en outre elle parle à tort et à travers et manque d'à-propos, ses compagnes à l'esprit vif l'ont surnommée la grosse bécasse. Heureusement, elle ne réfléchit guère, si bien que cette inquiétude et ce sentiment d'infériorité ne risquent pas d'altérer sa santé. Elle conserve toute sa vigueur et son solide appétit. La nuit, pelotonnée dans sa couette, elle enserre tendrement son corps de ses deux bras. Puis elle s'endort d'un profond sommeil de bébé. Dans ses rêves, elle fait claquer ses lèvres avec un bruit charmant d'enfant gâtée. Pour lui en revanche, l'inquiétude naît de la maturité de son esprit. Son cœur adulte déborde d'innombrables désirs, si bas et si éhontés qu'il en est épouvanté. Il ignore de quelle partie de son corps naissent ces désirs, mais s'il le savait, il la détruirait sans hésiter. Puis, une nuit où il se réveille à un moment inopportun, il comprend enfin l'origine de sa faute, car il se figure que c'est une faute. Cependant, il découvre au même instant qu'il lui est impossible d'anéantir cette partie de lui-même. Il chérit d'autant plus ces désirs qu'ils procèdent de cette précieuse partie-là. Il ne comprend pas pourquoi il en est ainsi.

C'est alors que reviennent ceux qui sont partis, élégamment vêtus, avec des sacs de voyage à la dernière mode. Ils descendent du bateau avec précaution par la passerelle qui vacille sous leurs pas. Tous deux vont les accueillir avec les autres. Elle ne parvient pas à se frayer un passage pour s'emparer d'un des bagages, mais elle est aussi excitée et chaleureuse que les autres. Tantôt, elle ouvre la marche, tantôt, elle la ferme, ne cessant de jacasser de façon décousue. Personne ne l'écoute, personne ne lui répond, mais sans elle et son bavardage, cet accueil serait bien plus froid. Quant à lui, il marche, silencieux au milieu des arrivants. Le premier danseur, qui jouait le rôle de Hong Changqing ou du chef de section Fang dans *Le détachement féminin rouge*, le prend par l'épaule en marchant. Lui qui, en général, n'attire pas l'attention, est un grand ami du danseur qui le considère comme son conseiller. En chemin son ami lui dit : « Il y a un rôle pour toi. »

C'est le rôle d'un petit soldat de l'Armée rouge dans un pas de deux intitulé *Les années difficiles.* Il est impossible de trouver un danseur aussi petit que lui qui possède en même temps une telle virtuosité. Dans beaucoup d'autres compagnies, ce rôle est tenu par une jeune fille. C'est un rôle fait sur mesure pour lui et on le lui attribue presque sans discussion. C'est vraiment le rôle idéal. Tout va donc pour le mieux, quand surgit une difficulté. Ce pas de deux comporte de nombreux portés, notamment un long passage où le vieux soldat de l'Armée rouge doit danser en portant le petit soldat sur ses épaules, tout en exécutant, d'un air martial, d'élégants pas de danse. C'est alors qu'apparaît son point faible. Lui qui semble menu se révèle étonnamment lourd. Le vieux soldat peine à le soulever et fléchit dès qu'il le porte sur ses épaules, si bien qu'il ne parvient plus à danser. De plus, ils ne se sont jamais entraînés au porté. Lui ne sait pas sauter en souplesse en se rendant léger. Il se contente de peser de tout son poids sur le dos de l'autre, et son inquiétude et sa confusion n'y changent rien. Quand il descend une fois de plus lourdement des épaules de son partenaire, ce dernier laisse échapper un reproche :

« Tu es vraiment trop lourd. »

Il rougit et riposte :

« Et toi, tu n'es qu'une mauviette ! »

Son partenaire s'indigne et l'on sent venir l'affrontement. Le premier danseur s'avance et propose, pour dissiper la tension : « Laissez-moi essayer ! »

Il le prend sur ses épaules et fait le tour du studio. Il y parvient, mais, haletant, il a du mal à reprendre son souffle. L'un après l'autre, tous les danseurs s'y essaient. Ils vont et viennent en le portant sur leurs épaules avec force rires. Finalement, excédé, il saute à terre en faisant chanceler celui qui le portait, ce qui met un terme à la répétition.

Ce soir-là, sans aller manger, il reste dans le studio pour s'entraîner à bondir. Il sait que le premier saut est décisif. S'il peut s'élancer souplement sur les épaules de son partenaire, la suite sera plus facile. S'il épuise ses forces en sautant sans maîtriser son souffle ni ses pas, ils n'y arriveront pas. Il voudrait atteindre à une plus grande souplesse. Mais voilà que peu après, elle aussi vient s'entraîner. Comme pour faciliter la digestion, elle s'exerce après chaque repas. Elle a ainsi une excuse pour manger beaucoup. Elle a plaisir à manger, elle dévore. Aujourd'hui, elle porte un nouveau justaucorps couleur chair, de ceux qui ont été rapportés pour toute la troupe par les voyageurs. C'est la tenue classique portée dans les grandes troupes, très échancrée, surtout dans le dos où le décolleté descend presque jusqu'à la taille. C'est un justaucorps à pieds, trop moulant, qui lui bride le haut des cuisses.

Soudain, il lui demande gentiment de l'aider à s'exercer pour ce passage de porté. Elle accepte volontiers, à cause de l'amabilité inhabituelle du ton, mais surtout par un stupide sentiment de supériorité qu'elle éprouve depuis les essais de l'après-midi. Il commence par lui expliquer la figure, et il est tout surpris de découvrir que cet après-midi, en les observant, elle l'a assimilée et l'exécute sans faute. Il va vite demander à l'électricien le magnétophone et la bande magnétique qu'il embobine en accéléré jusqu'au passage en question, puis il met la musique en marche. Sans fournir un grand effort, elle le prend sur ses épaules. L'accompagnement musical stimulant la rend joyeuse. Le jeune homme se sent rassuré d'évoluer sur son dos. Il ne se doutait pas qu'elle avait les épaules aussi larges et puissantes. Quand ils ont achevé sans difficulté le passage, elle n'est qu'à peine essoufflée. Sans attendre, elle propose avec entrain : « Encore une fois ! » Cette fois, ils reprennent depuis le début. Elle a retenu tout le rôle du vieux soldat de l'Armée rouge. Elle le danse assez bien, avec conviction, et quand ils arrivent au passage du porté, il se retrouve tout naturellement sur ses épaules. Elle a les bras solides et puissants. La facilité dont elle fait preuve lui donne confiance, il s'enhardit, devient plus souple et allège d'autant le fardeau de la jeune fille. Ils se sentent de plus en plus à l'aise et parviennent à une entente bien plus grande qu'avec son autre partenaire. Après cinq ou six répétitions, ils ont assimilé toute la chorégraphie qu'ils exécutent sans peine, avec une parfaite aisance. Ils ont oublié les difficultés techniques, oublié aussi la préparation mentale nécessaire au passage du porté. Chaque mouvement de main, chaque lancer de pied est à la fois naturel et instinctif. La musique est entraînante et sa répétition la rend plus familière et séduisante. Oubliant qu'ils incarnent des soldats, ils croient jouer leur propre rôle. Ils s'expriment dans chacun de leurs gestes, avec toute leur volonté et leur instinct. Ils dansent à corps perdu, leur silhouette passe vivement d'un miroir à l'autre, si bien qu'ils sont cernés de toutes parts par leur image. Ils se trouvent superbes. Ils ne se sentent jamais autant eux-mêmes que lorsqu'ils dansent, soutenus par la musique.

Quand une fois encore elle le porte sur ses épaules, il hume la forte odeur de sa sueur. Sa poitrine éprouve l'épaisseur du dos de la jeune fille, ce dos dénudé par le profond décolleté, qu'il sent tout chaud et moite de sueur. Lui aussi est chaud et moite, et sa poitrine frotte contre le dos de la jeune fille avec un bruissement un peu douloureux. Ses genoux ressentent les mouvements vifs des reins de la jeune fille, ses mains éprouvent la rondeur et la fermeté de ses épaules et la force de son cou. Ce cou se contracte et se détend au rythme de son souffle rapide. Le nez du garçon qui glisse sur ses cheveux trempés de sueur bute contre la natte enroulée en chignon derrière sa tête qui exhale une grasse odeur de transpiration. Toute froide, une épingle de métal fichée dans le chignon lui égratigne la joue. Tous ses sens éveillés se détachent de la chorégraphie pour passer à un autre état de tension. A l'opposé de la tension par laquelle, à l'instant, il maîtrisait son corps, ses cinq sens et sa conscience aiguillonnés s'animent, s'excitent. La danse est maintenant une activité machinale qui ne réclame plus la moindre attention. Il est porté par un corps brûlant qui danse sous le sien avec une énergie débordante. Le plus léger souffle de la jeune fille enflamme son désir et le fait jaillir tel un feu ardent.

Ce feu ardent la gagne. Elle prend simplement conscience qu'elle porte sur son dos un brasier qui la brûle de façon intolérable. Dès qu'il saute à terre, le feu disparaît, et son dos esseulé est dans l'attente inexprimable de le reprendre. Pourtant, dès qu'il est à nouveau sur ses épaules, elle sent son cœur en feu au point qu'elle voudrait se coucher et se rouler par terre pour éteindre les flammes qui embrasent tout son corps. Mais la musique et la danse ne lui permettent pas de le faire. Dominée, manœuvrée par la force d'une invisible volonté, elle répète les mêmes mouvements, le recevant sur son dos puis le relançant par terre. Soudain parfaitement à l'aise, elle retrouve un souffle régulier qui suit le rythme de la danse. Son corps agit machinalement. Les mouvements de leurs deux corps s'accordent parfaitement. A chaque fois, il bondit sur les épaules de la fille, léger et sûr de lui, sans le moindre flottement, comme si sa place avait toujours été là et que la danse qu'il exécutait au sol n'était qu'une anxieuse attente. Elle n'est sereine que lorsqu'elle le porte sur ses épaules. La lourde charge qui pèse alors sur elle lui procure un plaisir extrême. Tous leurs mouvements sont intimement coordonnés comme s'ils étaient indissolublement liés l'un à l'autre et respiraient d'un même souffle dans une parfaite harmonie. Quand il volte et roule sur son dos, le tendre frottement contre la peau de la fille assouvit la soif de sa chair et de son cœur. Elle ressent tout le poids de ce corps qui roule et se frotte contre elle comme une caresse amoureuse. Il est évident qu'il lui fait mal, qu'il pèse tellement sur elle qu'elle a peine à se redresser et que ses jambes flageolent, mais à aucun moment elle ne s'interrompt. Le morceau de musique indéfiniment recommencé, toujours plus excitant, perturbe le repos des autres. Dans la nuit profonde, quelqu'un hurle en direction du studio, les accusant de troubler son sommeil. Quelqu'un d'autre ouvre puis referme violemment une fenêtre. Ils n'entendent rien de tout cela, la musique enveloppe le monde entier, un monde excitant qui les dépasse.

Finalement, quelqu'un coupe l'électricité, la musique s'arrête net, les lampes qui s'éteignent les plongent dans le noir. Dehors, toutes les lumières sont éteintes, et comme c'est une nuit sans lune, dans cette nuit d'encre, ils ont l'impression d'être tombés dans un gouffre. Il est sur ses épaules, comme figé dans la position qu'il avait quand la musique s'est tue. Une demi-minute plus tard, il se laisse tomber de son dos et se retrouve sur le plancher. Sans échanger un seul mot, affolé, chacun s'enfuit de son côté. Chose étrange, dans cette obscurité, ils ne se cognent nulle part, ne trébuchent pas. En un clin d'œil, ils ont disparu.

Par la suite, c'est une jeune danseuse qui reprend le rôle du petit soldat rouge dans *Les années difficiles.* Pesant comme du plomb, lui s'alourdit et devient de jour en jour plus gauche. Personne ne parvient à le porter, d'autant plus qu'il a perdu sa souplesse passée. Il n'arrive à se montrer leste et naturel sur les épaules de personne. Il pèse d'autant plus lourd qu'il est tendu et maladroit. Il ne retrouve pas l'égarement qu'il a éprouvé cette nuit-là, comme dans un mauvais rêve, sur les épaules de la jeune fille. Avec personne sauf elle il n'est capable de créer une aussi parfaite entente. Mais elle, quand elle l'aperçoit, cherche à l'éviter, d'ailleurs lui aussi craint de la rencontrer. Ils n'osent même plus s'entraîner ensemble. Quand elle se trouve au studio, il n'y vient pas, et elle ne s'y aventure pas quand il s'exerce. Peu à peu, ils parviennent à un nouvel accord tacite : éviter de se trouver au même endroit. Pourtant, il pense à elle sans cesse, et elle aussi, sans en avoir clairement conscience. Elle est très nerveuse, se met en colère facilement, se querelle avec les autres pour des riens, et finalement, même si elle a le dessus, éclate en sanglots déchirants. La cour qui héberge la troupe n'est pas bien grande, aussi ses sanglots sans retenue pénètrent-ils jusqu'au moindre recoin. Lui qui, retiré dans sa chambre, les entend de loin, en a le cœur brisé mais en même temps plein de joie.

Les grosses chaleurs passées, voici l'automne : ciel limpide, lumière transparente, air léger comme lavé de toute impureté. Sur la haute cime des peupliers danse un rayon de soleil. Même le teint des paysans paraît clair. Cet automne, les vestes gris ardoise à col pointu, légèrement cintrées, sont à la mode. Si quelqu'un passe dans la rue ainsi vêtu, tout le monde s'arrête pour le regarder avec envie. La première à arborer une telle veste est l'étrangère du lycée. Elle se pavane dans la rue, un panier au bras, elle va acheter des crabes à un « chat sauvage » venu de l'embouchure de la Mohe. Les gens d'ici appellent « chats sauvages » ceux qui vivent sur leur bateau. Ils les plaignent sincèrement de n'avoir ni foyer ni racines et d'errer sur l'eau à longueur d'année. Toutes pinces dehors, les crabes se débattent, crachent des bulles et grimpent le long des parois de bambou. Sans s'émouvoir, l'étrangère les attrape l'un après l'autre pour les remettre au fond du panier. Vers midi, tout le monde sait que le couple d'étrangers du lycée mange ces drôles de bêtes. Tandis que la nouvelle se propage, le « chat sauvage » est remonté sur son bateau et s'est éloigné à la godille. Il les trouve vraiment ridicules, ces citadins bruyants. Ils vivent là, comme enracinés depuis plusieurs générations, sans rien connaître du vaste monde. Il regarde sa femme allaiter leur bébé, accroupie à la proue. Paisible, elle observe l'eau verte sous le bateau et les vagues qui ondulent. Un pan de sa veste relevé, elle libère son index pour caresser la joue de l'enfant. Sur plusieurs dizaines de *li*, de grands saules pleureurs sont alignés régulièrement le long de la rive. Le « chat sauvage » est heureux.

Cet automne, elle a dix-sept ans, lui vingt et un. Ils persistent à s'éviter, ils se fuient. Ce fameux soir les hante, sans qu'ils parviennent à le chasser de leur esprit. Ils voudraient faire semblant de l'oublier ou de ne pas y attacher d'importance afin de reprendre des relations franches et ouvertes. Mais au moindre regard, ils se sentent incapables de feindre et reculent sans oser se rencontrer. Pourtant, même sans se voir, ils sont tous deux occupés par l'autre. Lui, la liberté et l'audace de son imagination lui ont déjà fait revivre des centaines et des centaines de fois la scène de cette nuit-là. En la revivant, il découvre soudain, épouvanté, toutes ses implications. Elle qui, au contraire, ne possède aucune imagination, n'a jamais exercé son intelligence et sa réflexion, revit pourtant constamment les sensations de ce soir-là, qui font naître dans son corps une soif inextinguible. Elle ignore la nature de cette soif, elle se sent tout simplement abandonnée, environnée d'un désert de solitude qui lui donne une impression de vide complet. Ce désir indéfinissable la tourmente sans qu'elle puisse s'en défaire. Elle mange encore plus, car il lui semble que quand elle mange, ce désir s'atténue nettement. Elle mange donc beaucoup, elle se gave et ne s'arrête que l'estomac plein, mais elle devient paresseuse pour l'entraînement. Elle prend rapidement du poids, tout son corps se gonfle, la rendant laide et lourde. Lui, au contraire, maigrit. Chacun de ses os, saillant, soulève la peau. A chaque pore de sa peau surgissent des boutons qui laissent des marques partout. On dirait un poussin auquel tout son duvet a été arraché. Comme il manque d'appétit, pour se donner envie de manger, il achète les meilleurs plats à la cantine. Il les dispose sur le ciment à la porte du studio, puis s'assied sur la poutre du seuil, fixant cette nourriture sans y toucher, d'un regard haineux. Lui non plus ne s'entraîne guère.

Le studio paraît silencieux et désolé.

Eux aussi paraissent silencieux et désolés.

Puis la troupe donne une représentation dans l'unique théâtre de la ville. La salle ressemble à une vaste grange, avec son toit à deux pentes soutenu par une grosse poutre de bois brut sur laquelle sont fixées les lampes. Le pilier de bois brut lui aussi, qui se dresse au milieu de la salle, cache la vue de la scène aux deux spectateurs assis derrière. A chaque représentation, on entend les protestations de ceux qui occupent ces sièges. Pourtant ces places sont louées à chaque fois au même prix que les autres, car personne ne se souvient de leur numéro. Le sol de ciment est jonché de crachats et de mégots mêlés à une couche de poussière de ciment et de terre jamais parfaitement balayée. Des coupures d'électricité plongent souvent la salle dans l'obscurité. Après un moment de désordre, une lampe à acétylène s'allume. Sa lumière parcimonieuse éclaire le grand rideau de velours pourpre tout râpé. Puis une deuxième, une troisième, une quatrième lampe s'allument le long de la rampe. Elles éclairent les visages des danseurs d'en bas, projetant des ombres difformes.

Comme ils n'ont pas de rôle, ils sont tous deux dans les coulisses. Elle s'occupe des costumes, lui des accessoires. Quand ils n'ont rien à faire, ils vont regarder la représentation depuis les côtés de la scène. Sur ces côtés sont disposées en enfilade une série de fermes. Elle se tient debout dans l'ombre de l'une et lui dans l'ombre d'une autre. Ils ne sont qu'à deux pas de distance, mais l'éclairage de la scène plonge les coulisses dans une ombre épaisse. Isolés, ils regardent le spectacle sans se rendre compte qu'ils sont si proches l'un de l'autre. Les numéros se succèdent et finalement arrivent *Les années difficiles.* Quand retentit la musique, si familière qu'elle en devient presque inconnue, ils sont pris au même instant de tremblements qui, tels des courants électriques, s'attirent et se rejoignent dans l'atmosphère. Ils découvrent alors qu'ils sont tout près l'un de l'autre. Le cœur battant, ils ne s'écartent cependant pas. Lui se retourne pour regarder derrière lui, il rencontre son regard. Elle recule d'un pas et se dissimule dans l'ombre d'une grande ferme représentant une caserne. Il la suit dans l'obscurité. La musique exaltante qui parvient de la salle emplit tout le théâtre, recouvre tout. Il s'immobilise, tend les mains dans le noir sans rien saisir, mais il a conscience qu'elle l'évite. La maladresse qu'elle met à s'écarter crée un appel d'air. Il distingue un bruit semblable à celui des vagues. Il fait un autre pas, tend la main et s'empare de la sienne. Elle cherche à se dégager, mais il lui serre fermement la main et la tord. Elle pousse un « aïe ! » de douleur et son dos se colle contre la poitrine du garçon. Il lui tord le bras pour la forcer à s'appuyer contre lui. Il est si fort que personne ne peut lui échapper. De son autre main, il lui tourne la tête pour attirer son visage. Sa bouche trouve la sienne, il la mord sauvagement et elle cesse de se débattre. Le final approche, clairons et timbales se joignent à l'orchestre, la musique déferle avec une puissance à ébranler montagnes et rivières et engloutit tous les autres bruits.

On dirait le dégel d'une rivière prise dans les glaces dont les eaux coulent libres au printemps.

Personne ne comprend pourquoi ils sont tout à coup radieux. Elle est si gracieuse qu'on lui pardonne son embonpoint et sa lourdeur. Jamais ses prunelles n'ont autant brillé, jamais ses lèvres n'ont été si vermeilles, son teint si clair, ses cheveux d'un noir de jais si épais. Sa peau légèrement bronzée, fine et lustrée, ressemble à du satin. Elle est toujours mal proportionnée, mais les lignes de son corps s'adoucissent, elles ne choquent plus autant qu'avant. Son expression s'est métamorphosée, elle semble avoir confiance en elle, affiche un sourire satisfait et insouciant, stupide mais si épanoui. Les autres le trouvent touchant. Quant à lui, la poussée d'acné qui lui couvrait le visage et le corps de pustules se calme, les cicatrices brunes s'atténuent progressivement, les sécrétions purulentes des pores de sa peau s'apaisent. Sa mine bien plus détendue révèle un visage aux traits réguliers. Un grand nez droit, de fortes arcades sourcilières abritant des yeux profondément enfoncés dans les orbites font penser à un Albanais. Il faut dire que, dans ces années-là, les films albanais sont les seuls films occidentaux visibles [1]. Les types humains que l'on y voit ont peu à peu créé un modèle esthétique. Son regard naturellement pensif suggère une personnalité grave et réservée, sans rien de frivole. Il lui donne l'air d'un homme malgré ce corps d'adolescent de quinze ans.

1. Pendant la Révolution culturelle (1966-1976), aucun film occidental n'était projeté en Chine.

Maintenant qu'ils ont balayé les obstacles, leur vie reprend son cours, ils manifestent une vitalité pleine d'amour et de jubilation. Ils n'ont plus peur l'un de l'autre, ils ne se fuient qu'en présence des autres. Cette attitude a un goût de mystère, comme s'ils se moquaient du monde entier. Quand ils se croisent, ils font semblant de s'ignorer, sans se jeter un regard comme des ennemis, alors que dans leur cœur, ils échangent œillades et sourires furtifs, avec un sentiment de satisfaction et d'orgueil extrême. Quand ils sont seuls, en revanche, ils sont soudés l'un à l'autre sans parvenir à se détacher. Ils ignorent ce qu'on appelle l'amour, ils savent simplement qu'ils ont un besoin irrépressible l'un de l'autre.

Chaque soir, à la tombée de la nuit, abandonnant le studio plongé dans l'obscurité, ils disparaissent. Comme des fantômes, ils ne ressurgissent l'un après l'autre dans la cour que lorsque la brume fait pâlir la nuit et que les trois étoiles d'Orion se couchent à l'ouest. Cheveux ébouriffés, vêtements en désordre, yeux brillants dans l'obscurité, foulant les dalles humides, chacun rentre à tâtons dans son dortoir. Nuits de bonheur fou, caresses passionnées, corps contre corps, lassitude heureuse, orgueilleuse paresse. Ces caresses semblent s'infiltrer par tous les pores jusque dans leur sang, tant ce sang court dans leurs veines en chantant avec allégresse. Ils soupirent presque de joie, ils voudraient faire part de ce bonheur à tout le monde pour que tous les envient. Pourtant, ils sont contraints de l'enfermer étroitement dans leur cœur sans en rien laisser filtrer. Car ils ont commis une faute. Elle a beau être ignorante, elle sait qu'elle a fauté. Elle ne sait pas ce qui est bien, mais elle sait ce que l'on ne doit pas faire. Lui qui est intelligent le comprend encore mieux qu'elle : la faute est loin d'être vénielle. Mais elle est si attirante qu'ils ne peuvent résister. Dès que leurs corps se touchent, qu'ils s'unissent, la faute, l'interdit, le mal, tout cela cesse d'exister pour faire place à une joie faite d'excitation, de douleur et de peur. Ce qu'ils ressentent au début, c'est de la peur mais c'est aussi le sentiment qu'ils dominent le plus vite. Elle qui est ignorante surmonte facilement cette peur. Lui qui est réfléchi sait encore mieux comment maîtriser cette peur. La peur disparue, il leur reste le regret de sa disparition. Jamais ils n'oublieront combien faire l'amour dans les tremblements de la peur était délicieux. Lutte entre la vive résistance opposée par la peur et la violence de l'attaque du désir dont leurs corps retiraient une jubilation aussi puissante que subtile.

Ils sont si épris l'un de l'autre que l'entente des corps, l'accord de l'esprit ne pourraient être plus intenses. Ils sont soudain si intimes, même en présence des autres, que ceux-ci n'en reviennent pas. Ils reprennent leur entraînement ensemble, s'entraident à nouveau, pleins d'attentions l'un envers l'autre. Même une parole dure est une manifestation de leur intimité. Ils mettent en commun leurs tickets de cantine et partagent les plats qu'ils achètent. Elle se charge de laver son linge et il la remplace dans son travail avant et après les représentations. Elle n'est pas moins forte que lui, mais il ne veut pas qu'elle y mette la main. Elle reste donc inactive, grignotant des navets croquants, verts à cœur rouge. Si quelqu'un lui reproche de ne rien faire, elle réagit vivement, et quand elle n'a pas le dessus, il vient à sa rescousse. Ils forment une alliance d'une solidité à toute épreuve. Mais quand l'union du cœur et de l'esprit ne suffit pas à exprimer l'intensité de l'amour, on adopte parfois une attitude d'hostilité. Justement parce que leurs liens sont si évidents, leurs altercations suscitent les reproches des autres. Alors ils deviennent de véritables ennemis. Quand ils sont seuls ensemble, leurs corps s'attirent tout en se repoussant violemment, ils se battent, résistent, refusant de céder, se déchirent et se harcèlent jusqu'à l'épuisement. Puis ils font l'amour en se manifestant une grande tendresse, mais ils reprennent la lutte aussitôt après. En présence des autres, ils se lancent des regards noirs, des remarques acerbes, sans une parole gentille, ils s'injurient avec des mots grossiers. Effrayés, les autres vont avertir le directeur de la troupe pour qu'il les punisse, mais sans résultat. Ils continuent ainsi, alternant sans cesse le chaud et le froid, comme si, dans une vie antérieure, ils avaient contracté une dette qui ne pourrait jamais être soldée.

L'automne se révèle mouvementé.

Plusieurs jours de pluie incessante noient le fleuve derrière un rideau de brume. Les bateaux, tels des fantômes, accostent dans ce monde d'eau aux contours indistincts, puis repartent. Hors de la ville, le piétinement des chemins de terre par les paysans les transforme en bourbiers ; les paysans apportent cette boue dans les rues où elle se mêle à l'eau noire. Les loches se faufilent jusque dans les rues. On a même découvert une sangsue, incongrue ailleurs que dans le Sud, qui a mis la population en émoi. Il paraît évident qu'elle est venue à la suite de la transformation de quelques champs en rizières par une équipe de production des environs, mais la population ne peut se défendre du pressentiment d'un malheur imminent. Cette sangsue est d'une vigueur étonnante. Si elle vous mord la jambe, elle ne lâche plus prise, et quand on l'arrache violemment, la morsure laisse un trou sans fond d'où le sang ne se met à couler doucement qu'après un certain temps.

La pluie finit par s'arrêter, la terre s'assèche, le temps vire brusquement au froid, et c'est l'hiver.

Cette année, l'hiver se révèle d'un froid aussi exceptionnel que l'été a été chaud. Pas de vent, un soleil radieux, un ciel aussi pur qu'au printemps, et pourtant le froid vous transperce les mains, les pieds et le visage. Il rougit comme des radis le nez et les oreilles. Dans les rues, même au soleil, inutile de songer à rester immobile plus de trente secondes, tant sans en avoir l'air le froid est intense. On pressent qu'il va se produire quelque chose d'inhabituel, un sentiment d'inquiétude plane sur les rues comme une âme errante.

En effet, après le Nouvel An, meurt le dirigeant du pays, le premier ministre [1].

L'inquiétude trouve sa justification et s'apaise peu à peu.

Puis meurt le très respecté maréchal Zhu De [2].

Puis survient le tremblement de terre [3].

Puis meurt le leader, le président Mao.

Puis la Bande des Quatre est renversée [4].

Cet automne-là, ils prennent un an de plus, elle dix-huit ans, lui vingt-deux, mais c'est comme s'ils

---

1. Zhou Enlai (1898-1976) fut premier ministre de 1949 à sa mort.

2. Maréchal Zhu De (1886-1976) : héros de la Longue Marche (1934), commandant en chef de l'Armée populaire de 1949 à 1959.

3. Ce tremblement de terre survint les 27 et 28 juillet à Tangshan, dans la province du Hebei, à 150 kilomètres environ de Pékin. Il fit au moins 250 000 victimes.

4. La Bande des Quatre : les dirigeants de la Révolution culturelle, Wang Hongwen, Zhang Chunqiao, Jiang Qing (épouse de Mao Zedong) et Yao Wenyuan.

avaient vieilli de cent ans. Quand ils se souviennent de l'automne précédent, il leur semble appartenir à une autre vie.

Incapables de maîtrise et de modération, ils s'aiment avec tant de rage et de fougue, ils usent tant d'énergie et d'amour qu'ils sont las, mais pour lutter contre cette lassitude, ils s'aiment encore plus follement. Cet excès de sollicitations arrive à engourdir leur corps qui a besoin de stimulants neufs pour réveiller ses sensations et sa vitalité. Ils font appel à leur imagination pour renouveler leurs étreintes. Ils se connaissent si bien qu'ils ont peu à peu perdu tout mystère l'un pour l'autre : leur intérêt s'émousse. Pourtant, ils sont incapables d'en finir, ils ne peuvent se passer l'un de l'autre. Ils rentrent à la fois épuisés, mécontents et insatisfaits, mais repartent chaque fois avec un ardent et impérieux espoir.

Ils reviennent le corps poisseux de sueur, gravissent l'étroit escalier de bois qui grince sous leurs pas et leur irrite la plante des pieds. Ils se sentent fatigués, sales, mais sans courage pour aller se doucher. La chaufferie est depuis longtemps éteinte, mais ils étaient trop pressés pour aller remplir leur thermos avant de partir. Ils n'osent pas prendre de l'eau chaude aux autres, de peur que ceux-ci ne découvrent leur secret. Dans la cour règne le silence. Ils se couchent, exténués, mal à l'aise dans leur peau poisseuse qui rend leur couette humide. Ils ne comprennent vraiment pas pourquoi, malgré tous leurs efforts, ils ne retrouvent plus le plaisir des débuts, ils en sont très affectés. Ils ne peuvent s'empêcher d'avoir honte de leur propre souillure, ils voudraient faire peau neuve, redevenir honnêtes, ils en prennent secrètement la résolution. Cependant, quand ils se revoient le lendemain, ils échangent les signes de main et les regards dont ils ont pris l'habitude pour se donner rendez-vous et fixer l'heure. Pendant tout le temps qui précède leur rencontre, ils sont si tourmentés qu'ils ne tiennent pas en place. Heureusement, ils sont depuis longtemps entraînés à n'en rien laisser paraître, ils passent donc ces heures d'anxiété sans se faire remarquer avant de se faufiler hors de la cour.

Alors qu'ils sont physiquement follement attirés l'un vers l'autre, à l'instant même où ils se touchent, la froideur les gagne, tant ils ont depuis longtemps épuisé toute la gamme des sensations. Ils ont perdu l'attrait pour la nouveauté, la frayeur et la douleur qu'elle suscite. Comme si, après un tour sur scène pour la forme, ils ne ressentaient que découragement. Aucune joie, rien qu'un corps souillé, sans espoir de retrouver leur pureté première. Ils sont accablés de tristesse et de remords, mais hélas, il est trop tard.

Les artistes de la compagnie sont de plus en plus nombreux à tomber amoureux, ils forment presque tous des couples inséparables. Ils devraient, eux aussi, faire partie de ce groupe où tous vont par deux, ils pourraient même être les premiers de la troupe. Mais ils ressentent une honte extrême, comme s'ils ne le méritaient pas. Ils observent les autres qui paraissent plus purs qu'eux, dont l'avenir s'annonce radieux, alors qu'eux-mêmes sont depuis longtemps tombés dans une fange dont ils ne pourront jamais se laver. Aussi, au milieu de cette ambiance amoureuse, se dissimulent-ils encore plus secrètement, comme de parfaits inconnus. Les autres se figurent qu'ils sont à nouveau en conflit, ils ne s'en étonnent plus et les laissent à leurs désaccords. Personne ne se rend compte de leur détresse. Chacun ayant sa part de cette détresse, ils ne peuvent ni la partager ni faire preuve de compréhension, chacun porte son fardeau sans pouvoir en parler à l'autre ni trouver du réconfort auprès de lui. Ils comprennent parfaitement tous deux que s'ils se dévoilaient si peu que ce soit, la situation deviendrait insupportable. Il n'y a rien à faire, ils sont seuls, entièrement seuls face à cette détresse. Ils considèrent que tous les autres sont plus heureux qu'eux. Par excès de précipitation, faute de patience et de modération, ils ont épuisé trop tôt toute joie, il ne leur reste plus à présent que honte et douleur.

Comme chacun doit porter seul le poids de ce malheur, ils en arrivent à se haïr, d'une haine profonde et réfléchie. Sa gravité implique qu'ils ne se harcèlent plus en présence des autres, car ils estiment qu'agir ainsi serait légèreté et affectation. Ils ne se querellent que lorsqu'ils sont seuls. Ils le font avec violence, en employant des mots cruels destinés à blesser l'autre à l'endroit le plus sensible. Sanglotant, elle lui crie : « Je te hais, je vais te tuer ! » Lui, tendant ses mains ouvertes vers sa gorge, lui lance d'une voix contenue : « Si tu continues, je t'étrangle. » Elle est sincère dans sa haine, lui est sincère dans son désir de l'étrangler, si bien qu'effrayés l'un comme l'autre, ils baissent les bras. Vraiment excités, ils s'injurient, tremblent de colère, finissent par s'empoigner et se battre. Il est fort comme un bœuf, mais elle est dans un tel emportement qu'il ne peut avoir le dessus. Puis leur colère se calme peu à peu, seule demeure l'excitation. Ils ne savent plus s'ils se battent ou s'ils font l'amour, peut-être font-ils les deux. Au bout d'un moment, dans l'obscurité complète, dans une extrême confusion, tout le reste disparaît pour faire place à une frénésie sans nom. Dans leur corps monte alors une étrange joie, joie depuis longtemps perdue, depuis longtemps appelée, désespérément attendue, qui surgit, imprévisible, sans qu'ils y soient prêts. Enfin, épuisés par leur empoignade, bras et jambes coupés, ils éprouvent un contentement depuis longtemps oublié. Ils se calment peu à peu, échangent un regard où la haine a fait place à un tendre amour. Main dans la main, comme des écoliers qui reviennent en vacances à la maison, ils rentrent, balançant les bras en un geste innocent. Seules leurs mains qui se touchent expriment leur amour. Elles ne se séparent qu'à cent mètres de la cour qui abrite la compagnie, ils retrouvent alors le poids de la honte. Les airs de violon et les chants qui s'échappent de la cour leur semblent venir d'un autre monde. Ils reprennent conscience de leur souillure, tels deux chiens errants émergeant d'un bourbier. Complètement déshonorés l'un en face de l'autre, chacun ayant connaissance de l'horrible histoire de l'autre, chacun espérant voir l'autre s'en aller au diable ou quitter carrément ce monde en emportant leur déshonneur mutuel, afin de pouvoir prendre un nouveau départ. Leur haine renaît de plus belle, inextinguible.

Sur la route qui passe par l'écluse de dérivation des crues, des motoculteurs pétaradants vont et viennent, leurs conducteurs voient souvent un diable et une diablesse en train de se battre. La diablesse échevelée, le diable vomissant des injures, ils se frappent et crient de douleur. L'histoire s'est répandue le long de la route, agrémentée de quelques détails, et quand elle revient dans les rues de la ville, elle est complètement méconnaissable. Tremblants d'effroi, ils écoutent cette histoire avec les autres, dans le calme d'une paisible soirée.

Ils voudraient se débarrasser de l'autre, c'est lui qui commence par prendre ses distances, puis elle fait de même. Cette froideur ne les peine pas du tout, ils en sont même soulagés comme d'une pause après un combat acharné. Il reprend son rythme de vie passé, son entraînement quotidien suivi d'une douche, du repas, puis d'un sommeil paisible. Il se sent calme et de bonne humeur. Cependant, après cette expérience, ils paraissent tous deux plus vieux que leur âge. Elle a maigri, sa peau s'est distendue, des plis sont apparus, telles des vagues, en haut de ses cuisses. Lui, en revanche, a grossi. Moralement aussi, ils ont vieilli. Les amours des garçons et des filles de la troupe leur paraissent jeux puérils dont ils ont depuis longtemps percé à jour le déroulement et discerné le fond. Elle a perdu la pudeur qui sied à une jeune fille non mariée. Des histoires qu'elle ne devrait normalement ni écouter ni raconter ne la choquent nullement. Elle trouve cela naturel, de même qu'il lui arrive d'entrer par erreur dans les toilettes des hommes sans s'émouvoir. Elle ne comprend pas les moqueries des autres, elle s'en étonne et se sent injustement traitée. Pour lui, il y a beau temps que les tabous entre hommes et femmes n'existent plus. A ses yeux, toutes les femmes sont nues, et il voit au premier coup d'œil leurs parties les plus secrètes. Il est incapable de garder une distance à l'égard de l'autre sexe, alors qu'il devrait avoir un cœur rempli de sentiments de pureté sacrée envers les femmes, ce qui le rend extrêmement malheureux. Ce monde lui a dévoilé trop tôt ses secrets, il saisit tout au premier coup d'œil, si bien que rien ne peut plus provoquer sa curiosité ni son intérêt. Il est dégoûté de tout, il lui semble qu'il arrive au terme de sa vie alors qu'elle vient à peine de commencer. Tous deux comprennent enfin que, si indifférents soient-ils à l'autre, même séparés, ils sont coupables et ils le restent. Ils ont perdu leur pureté bien trop jeunes et vont passer de longues années ainsi jusqu'à la fin de leur vie. C'est pourquoi, malgré la distance, ils restent liés en esprit.

Ils n'ont cependant pas le courage de se rejoindre, effrayés de ce qui pourrait arriver s'ils continuaient à se rencontrer. Pourtant, lorsqu'ils sont le plus fermement résolus, au fond d'eux-mêmes, ils ne sont pas vraiment convaincus que leur histoire soit terminée. Ils se contentent d'attendre jusqu'au jour où ils seront incapables de continuer à attendre, et ils verront bien. Ils vivent comme d'habitude, rentrent chaque soir de bonne heure se coucher chacun dans sa chambre. Ils se croient parfaitement heureux et en paix, mais en réalité ils attendent le terme qu'ils se sont secrètement fixé. Ils ont le pressentiment que leur histoire ne peut se terminer ainsi. Inconsciemment, ni l'un ni l'autre ne le désire. Pourtant cette période de détente et de paix n'est pas illusoire. Ils étaient vraiment trop excités, trop fatigués, ils avaient besoin d'un bon repos pour reprendre des forces.

Un tel péché ressemble à une graine : il y a peu d'espoir qu'elle meure après avoir touché terre. Ils vivent en un temps d'obscurantisme, sans un aîné pour leur ouvrir l'esprit. D'ailleurs, dans certains domaines, même un sage ne saurait apporter la lumière. Il faut tâtonner, se cogner, ramper, se traîner dans l'obscurité avant de parvenir à se frayer un chemin hors du bourbier. De même, quand Adam et Eve ont goûté au fruit défendu, Dieu n'a pu les sauver, il a dû les chasser de l'Eden pour qu'ils peinent génération après génération. Comment espérer que deux enfants aussi ingénus et insignifiants qu'eux résistent à l'appel de la nature ? Ils ne peuvent compter que sur leur sens du bien et du mal et leur intelligence qui les entraînent tantôt vers la lumière, tantôt vers l'ombre.

Ainsi passent-ils un paisible printemps.

Au terme de leur histoire, ils semblent parvenus à trouver le calme. Ils ne sont ni en bons ni en mauvais termes, ils ont des relations banales. Quand par hasard ils se trouvent ensemble, ils échangent des propos anodins, ils s'entraînent même parfois ensemble sans en retirer grand profit. Même les commérages à leur sujet se sont peu à peu calmés. Quand par hasard on y fait allusion par désœuvrement, on en parle comme d'une chose passée. Eux-mêmes considèrent que leur histoire appartient au passé, que leur désir passionné, déchaîné comme un ouragan, s'est éteint et qu'ils sont hors de danger. Leur esprit se détend peu à peu, leur vigilance se relâche. Comme revenue au temps des débuts, elle l'interpelle vivement sans aucune gêne, et il l'accepte avec indulgence comme si rien ne s'était passé entre eux. Même quand ils sont seuls, ils coexistent paisiblement. Ils en arrivent à se demander s'ils ont vraiment vécu ces relations tumultueuses. Quand ils se remémorent chaque épisode dans les moindres détails, avec une netteté aussi parfaite que si c'était hier, ils ont l'impression d'avoir rêvé. En réalité, ils traversent une phase de récupération, de convalescence : la fatigue et la tension viennent de disparaître mais ils n'ont pas encore retrouvé leur vitalité, ils sont encore physiquement faibles, nonchalants comme dans une légère ivresse, engourdis, assoupis. Ils sont dans un état d'euphorie passagère qui va disparaître en un clin d'œil pour faire place à un déferlement violent. Ils découvriront que tout ce qu'ils ont vécu auparavant n'était que l'éclair qui zèbre le ciel avant l'orage, le tonnerre roulant au loin, un prologue, un prélude, un avant-propos, une prophétie. Comme ils sont faibles et craintifs, tout ce qu'ils ont vécu les a terrorisés au point qu'ils sont presque anéantis. Heureusement, ils sont jeunes, en bonne santé, esprits simples, pleins de curiosité. C'est pourquoi ils se rétablissent assez rapidement. Ils attendent de recevoir le véritable baptême de la vie dans toute sa violence.

Ils ont repris leur entraînement quotidien comme un retour au bon vieux temps. La façon dont ils étirent et rétractent leur corps défie les lois de la nature. L'essoufflement heureux et libéré qui succède à la douleur et la fatigue, la sueur ruisselante qui débarrasse l'intérieur de leur corps de ses souillures, ainsi que la douche qui lui succède, l'eau brûlante qui les transperce comme des aiguilles, et voilà réveillées toutes les joies oubliées de l'entraînement. Elle se sent légère comme une hirondelle, elle peut faire des centaines de pirouettes sans s'arrêter jusqu'à finir par s'effondrer par terre à bout de forces, tout en continuant à voir le toit du studio tourner en mesure. Elle se figure qu'elle continue à tourner, qu'elle tournera ainsi éternellement. Elle sent son corps dispos et vigoureux, obéissant à sa volonté, capable d'exécuter avec facilité ce qu'elle lui commande. Elle ne saurait oublier toutes les figures qu'elle a cessé d'accomplir pendant un temps mais qu'elle connaissait si bien qu'elle les retrouve, à la fois neuves et familières. Les miroirs du studio lui renvoient des dizaines de silhouettes pirouettantes d'elle-même, elle se voit tourbillonnant en plusieurs dizaines d'exemplaires, comme si elles étaient plusieurs dizaines d'elle-même à danser et à s'admirer. Elle est en pleine ivresse.

Quant à lui, son corps n'a jamais été aussi souple et robuste en même temps. Debout, les bras pendants, il regarde posément devant lui puis renverse le buste en arrière avec une extrême lenteur, la tête tournée vers le bas : son calme regard observe le monde à l'envers. Il lève alors les mains jusqu'à ses épaules, les place de part et d'autre de sa tête lorsque celle-ci va toucher le sol, puis les avance doucement jusqu'à ses talons et redresse la tête entre ses jambes. Tout ce qu'il voyait à l'envers reprend sa place à l'endroit sous ses yeux. Il jette sur les choses un regard tranquille ; très à l'aise, il n'éprouve ni tension ni douleur, comme si cette position était la plus normale qui fût. La jeune fille surgit en coup de vent dans le calme de son regard, puis disparaît toujours en coup de vent. Quelque chose semble couler doucement entre elle qui pirouette tel un tourbillon et lui dont le corps est désarticulé. Ils ont tous deux conscience de ce flot souterrain dont ils croient entendre le murmure.

C'est alors que la troupe se prépare à partir en tournée dans le Sud.

Le jour du départ, on fait cuire des *zongzi*[1] dans chaque foyer : toute la rue embaume le parfum des feuilles de roseau. Dans le demi-jour naissant, le bateau accoste lentement. C'est la ruée pour descendre, les pas précipités sur la passerelle, paniers et palanches s'entrechoquent. Quand tous les passagers sont descendus, la troupe monte à bord. Les malles d'accessoires, de costumes, de projecteurs

1. *zongzi* : gâteaux de riz glutineux enveloppés dans une feuille de roseau. On les mange le 5e jour du 5e mois, en souvenir du poète Qu Yuan (343-290 av. J.-C.) C'est ici une datation implicite.

sont transportées à bord l'une après l'autre ainsi que les toiles des décors et les portants. Lorsqu'enfin tout a trouvé sa place, que la troupe au complet est montée et que le bateau s'ébranle, le soleil levant se cache, intimidé, derrière les branches dansantes des saules de la rive. La mélopée des porteurs d'eau retentit, alternant le haut et le bas, entrecoupée par le grincement des roues, elle glisse sur l'eau miroitante. La brume se dissipe, les chants se font plus sonores, plus hauts, mais gardent un fond de mélancolie indicible, partant du ras de l'eau, ils s'élèvent de plus en plus. Les roues des charrettes se frayent un chemin dans la boue, passent d'une ornière à l'autre dans un cahot qui ébranle la charge, agite l'eau qui jaillit hors du tonneau, et le chant se transforme en trille. Ce chant ne cesse alors d'alterner pauses et trilles qui révèlent les inégalités du chemin.

Le soleil monte de plus en plus haut dans le ciel.

Le bateau, suivi par le soleil, remonte lentement le courant, dans un couloir bordé d'un rideau de saules. Dans l'eau tantôt limpide, tantôt trouble, le scintillement des rides ondoyantes roule sous la coque en mouvement. La cabine, humide comme si elle venait d'être lavée, est cependant aussi sale que si elle ne l'avait jamais été. Le plancher est couvert de mégots, de crachats, de débris de graines de pastèques et de fientes de poules. Entassés sur des bancs à demi pourris, les passagers, assourdis par le grondement des moteurs, sont incapables de distinguer d'autres bruits. Volontairement ou non, ils se sont tous deux assis ensemble dans la cabine du pont inférieur, où l'atmosphère est encore plus étouffante et humide. Par la rangée des hublots, on aperçoit les jambes de ceux qui sont restés debout contre la rambarde, comme s'ils étaient juchés sur les épaules des passagers du pont inférieur. Ces jambes se déplacent, tantôt en groupe, cachant la lumière, tantôt isolées, laissant passer le jour. Comme il fait toujours sombre dans la cabine, on a allumé une lampe dont l'ampoule, couverte de poussière, est entourée de volutes de fumée de tabac. De ce tabac bon marché dont on bourre sa pipe[1], que l'on fume à petites bouffées, rejetant une âcre fumée qui prend à la gorge et finit par donner un léger vertige. Le bateau roule quelque peu, l'ampoule crasseuse se balance doucement, de même que les nuages de fumée. Les jambes des uns se déplacent sur les épaules des autres, floues comme en rêve. Tous ont tendance à s'assoupir. Etroitement serrés, épaule contre épaule, les passagers se courbent, et comme les bancs sont trop proches, les genoux s'entremêlent. Rien n'est plus difficile que de parvenir à se faufiler entre deux rangées. La tête penchée sur les genoux, on dort d'un sommeil

1. Pipe traditionnelle à long tuyau et tout petit fourneau de cuivre.

pénible, la tête qui roule d'un côté, de l'autre, se cogne aux têtes voisines.

Ils sont tous deux coincés l'un contre l'autre, bras contre bras, jambe contre jambe. La tête appuyée sur le sac posé sur ses genoux, elle est sur le point de s'endormir. Perdu dans ses pensées, il observe par le hublot, entre les jambes des voyageurs, l'étendue laiteuse d'eau et de ciel, et s'assoupit lui aussi. Le grondement des moteurs remplit la tête, comme si le monde entier s'était abîmé dans ce grondement. La fumée du tabac ordinaire perd peu à peu de son âcreté, elle s'adoucit, mais d'une douceur piquante qui crée un état d'hébétude. Ils sont presque endormis, ne gardant éveillé qu'un fil de conscience qui se balance comme un fil de soie flottant. Ce fil de conscience éveillé s'enroule autour de leur corps détendu, sans défense, il les taquine négligemment, comme un insecte caressant qui grimpe doucement le long du petit bras d'un enfant endormi dans l'herbe fraîche sous un chaud soleil ; comme un jet de lait jailli du sein maternel qui balaie doucement la tendre gorge d'un nourrisson ; comme une silencieuse pluie de printemps qui imprègne la terre desséchée ; comme un vent frais qui se faufile parmi les feuilles pour caresser votre corps en sueur par une nuit de canicule. Plus leur sommeil est profond, plus cette conscience se manifeste avec audace et vigueur, plus elle s'enfonce jusqu'aux régions les plus secrètes et les plus sensibles de leur corps. Elle arrive à parcourir, palper et caresser leur corps tout entier. Ils éprouvent un bien-être inconnu, leur sommeil tient de l'ivresse, il se manifeste même par de légers ronflements. Cette sensation, lasse d'avoir accompli sa tâche, s'assagit, se repose et s'endort elle aussi. A cet instant, comme stimulés soudain par on ne sait quoi, ils se réveillent en sursaut. Leur cœur bat à tout rompre, comme un balancier d'horloge, tout leur sang en ébullition court, rapide mais calme, dans leurs veines. Ils sentent se réveiller dans leur corps quelque chose qui vit et s'agite. Ils n'osent pas faire un mouvement ni se regarder. Coincés l'un contre l'autre, bras et jambes engourdis, ils ne peuvent remuer. La moitié de leur corps qui est collée à l'autre est tout à coup brûlante puis glacée l'instant d'après. Ils rougissent, voudraient se dégager, mais comme ils n'arrivent pas à se décider, ils restent assis, tout palpitants. Les hublots devant eux, sans rien pour les obscurcir, s'éclairent soudain sur une étendue d'eau claire, comme si le bateau avançait au fond de la rivière. Ils ont eux aussi l'impression de marcher au fond de la rivière. Ils sont tellement serrés qu'ils ne peuvent bouger, comme s'ils étaient attachés ensemble. Comme si une corde invisible les liait de la tête aux pieds si solidement qu'ils ne peuvent s'écarter si peu que ce soit.

Le soleil s'est couché depuis longtemps, très loin devant le bateau. Les fumeurs sont las de tirer sur leur pipe, mais le nuage de fumée, comme solidifié, ne se dissipe pas, oppressant, il pèse sur les têtes. Ils ont tous deux le cou raide, comme s'ils avaient porté une meule de pierre. Les gargouillements de leur ventre, de lui ou d'elle, on ne sait, couvrent presque le grondement des moteurs. Ils ont faim car tout à l'heure, au moment du repas, ils dormaient. Leurs camarades ne les ont pas réveillés, si bien qu'ils ont sauté le repas. Heureusement, le bateau va accoster.

Ce jour-là, les enfants de la ville arborent tous, accroché au cou, un petit filet multicolore auquel pend une touffe de glands de couleurs vives. Il contient un gros œuf de cane vert pâle et se balance de droite et de gauche. Un train qui passe en grondant au milieu de la rue fait trembler le sol. Les narines de tous les passants sont noires comme des cheminées. D'innombrables immeubles plus ou moins hauts, carrés ou rectangulaires, se dressent, aussi fiers que stupides, telles des boîtes d'allumettes. Quand vient le soir, sur toutes leurs faces brillent les carrés des fenêtres, les rues deviennent encore plus bruyantes. Les lampadaires, en forme de fleurs de magnolia, cachés parmi les feuilles des arbres-parasol[1], éclairent à distance régulière. Les

1. arbre-parasol : le sterculier, *firmiana platanifolia,* arbre commun dans toute la Chine, souvent planté en alignement.

voitures se croisent à vive allure et, de chaque côté de la route, le flot des bicyclettes semble leur ouvrir la voie dans un concert de sonnettes. Les vitrines sont illuminées comme en plein jour par des tubes fluorescents aux vives couleurs. Sur les murs voisins sont placardées de nombreuses affiches qui profitent de la lumière de ces vitrines pour annoncer une grande variété de spectacles joués par des troupes venues des quatre coins du pays. Un tel foisonnement éblouit.

Leurs modestes affiches en mince papier jaune pâle, moitié plus petites que les autres, risquent d'être arrachées par le vent. Ils n'ont pas osé les coller sur les autres, ils les ont mises à côté, comme des enfants près de leurs grands-parents. Les trois premières représentations font cependant salle comble. Il y a tant de monde ici ! Une foule de gens qui vont et viennent, se bousculent et se faufilent, imperturbables, entre les voitures. Les coups de klaxons stridents qui offensent les oreilles montent jusqu'au ciel. Tout à coup, un rugissement brutal couvre les klaxons : un train passe dans un grondement de tonnerre, puis ils reprennent le dessus, juste un peu moins arrogants. Quand on regarde au-delà de tous ces cubes d'immeubles brillamment éclairés, on remarque une colonne de fumée noire qui s'élève lentement dans le ciel d'un bleu profond ; flottant harmonieusement, elle s'élargit pour s'épanouir en une belle pivoine noire. Si vous laissez errer votre regard, vous découvrez que le ciel est orné de ces splendides motifs noirs aux formes changeantes qui se rejoignent pour vous encercler comme dans un conte de fées. La fumée noire se dissout dans le ciel dont le bleu fonce peu à peu : la lumière des réverbères qui ressort sur le rideau noir de la nuit devient de plus en plus vive.

Tous les jours, sept ou huit bateaux arrivent à quai puis repartent, et les coups de sirènes plus ou moins longs se succèdent.

Dans cette ville, près de la moitié de la population est de passage, elle arrive par la route et repart par bateau, ou arrive par bateau et repart par la route.

C'est une ville particulièrement bruyante.

Ils ont loué un petit théâtre de huit cents places qui porte cependant le nom ronflant de « Cinéma-Théâtre du peuple ». Comme il ne possède pas de logements, l'administration du théâtre leur a recommandé une pension voisine. Mais le prix de l'hébergement aurait englouti toutes les recettes des représentations, aussi ont-ils poliment décliné l'offre et cherché une autre solution. Ils ont établi le dortoir des filles dans la cabine de projection, une sorte d'étroit couloir dans le mur duquel sont ménagées des ouvertures pour les appareils de projection. Le brouhaha et la chaleur humaine de la salle y pénètrent directement, il y fait atrocement chaud. Les femmes couchent côte à côte sur une longue planche qui rappelle les *kang*[1] collectifs du Nord-Est. Aucune ne dort bien la première nuit. Assaillies de démangeaisons insupportables, elles ouvrent à grand-peine les yeux, allument la lumière et découvrent des punaises grosses comme des haricots *mungo*[2] qui courent librement dans les interstices des nattes de paille. Les hommes, partout chez eux, peuvent dormir n'importe où quand les spectateurs ont quitté la salle. La première nuit, les hommes mariés sont désorientés sans leur femme, la solitude leur pèse, ils se tournent et se retournent et doivent se contenter de faire appel à leurs souvenirs, à leur imagination. Dans la salle, les voix résonnent fort, souvent pour des plaisanteries salaces, dont chaque mot pénètre dans la cabine de projection. Les filles font semblant de ne pas entendre, sur le point d'éclater de rire, elles s'efforcent de se contenir. Elles n'osent pas échanger un regard car au moindre coup d'œil, elles risquent de se trahir. Après cette nuit agitée, le lendemain matin, tous ont les yeux rouges et gonflés, la mine brouillée, blafarde.

Les représentations se déroulent cependant normalement.

Les citadins sont difficiles à satisfaire, ils réagissent vivement à la moindre maladresse, font parfois

1. *kang* : bas flanc de brique chauffé en hiver, occupant les deux tiers d'une pièce, sur lequel couche toute la famille.

2. haricot *mungo* : haricot à tout petit grain vert, improprement appelé soja en Occident.

des réflexions acerbes. Il faut être très vigilant pendant les représentations, très professionnel, dissimuler sa fatigue et se dépenser sans compter. Quand le rideau tombe, l'esprit trop agité a encore de l'énergie à revendre. De plus, les danseurs soupent après le spectacle, aussi, vers onze heures ou minuit, n'ont-ils pas la moindre envie de dormir. Comme il fait une chaleur étouffante, ils bavardent par petits groupes dans la salle ou dans les coulisses ; certains sortent dans la rue prendre le frais. Ils se promènent d'abord devant le théâtre, puis s'éloignent de plus en plus, jusqu'au bord du fleuve. La rive est très calme la nuit, l'eau coule lentement, avec de légers clapotis. Quelques vagues lumières, une brise fraîche, chargée d'humidité, caresse les visages. Ils marchent d'abord tous ensemble, puis des couples s'écartent discrètement et disparaissent. De toute façon, la berge est si longue et il fait si sombre ! Ce jour-là, ils sont sortis tous deux séparément. Tout d'abord, ils s'attardent en arrière, mais sans se rendre compte, semble-t-il, que l'autre aussi est à la traîne. Ils restent séparés, chacun allant son chemin. Il fait nuit noire, sans lune ni étoiles, l'obscurité les enveloppe. Chacun marche seul, enroulé dans un rideau de nuit. En réalité, ils ne sont qu'à dix pas de distance, lui dans le bosquet de saules sur la berge, elle dans le bosquet de saules en deçà de la levée. Ils sentent la terre trempée de rosée souple et résistante sous leurs pas, ils ne font aucun bruit en marchant. Les deux mains tendues, elle caresse tour à tour les grands saules qui l'environnent. Elle s'appuie à un tronc de la main gauche et ne le lâche que quand sa main droite a atteint le suivant devant elle. L'écorce rugueuse râpe ses paumes, créant une légère douleur mais lui procurant en même temps un vif plaisir. C'est un grattement affectueux comme celui d'une grand-mère qui la tiendrait par la main. Elle fait exprès de frotter malicieusement sa paume sur le tronc et ne la retire que lorsqu'elle sent la douleur. Quant à lui, il casse un rameau de saule qu'il passe et noue soigneusement autour de son cou, puis il tire fort sur les deux bouts, la tige froide lui serre le cou, elle s'incruste de plus en plus profondément ; le froid pénètre en lui, il suffoque mais cela le rend joyeux. Si la branche de saule ne se rompait pas, il serrerait encore plus fort. Il en coupe une autre avec laquelle il recommence le même jeu. En peu de temps, couvert de rameaux cassés ou non, il ressemble à un Esprit des arbres. Les autres se sont éloignés, seuls les voix et les rires lui parviennent distinctement, ainsi que des chants plutôt discordants. On entend le léger clapotis du fleuve. Alors surgit dans le ciel une petite étoile lointaine mais très brillante. L'obscurité s'atténue et il aperçoit dans le bois de l'autre côté une silhouette en mouvement. Elle découvre au même moment dans le bois sur la rive une étrange silhouette couverte de ramée. Ni l'un ni l'autre ne sont sûrs de se reconnaître, pourtant leur cœur bat plus vite. Dans le ciel apparaît une deuxième étoile, plus grande, plus proche, qui semble sur le point de tomber dans le fleuve. L'obscurité recule encore pour faire place à un brouillard cotonneux. Dans ce brouillard, ils se reconnaissent. Ils ne se retournent pas mais ils se sont découverts. Elle continue à avancer en s'appuyant aux troncs de saules. Le sol est de plus en plus souple. Chaque fois qu'elle lève un pied, elle a l'impression que quelque chose la retient délicatement. Les saules sont de plus en plus amicaux, comme s'ils donnaient à ses paumes des baisers à la fois rugueux et chastes. Lui continue à couper des rameaux et à en faire des lacets pour s'emprisonner le cou. Cette suffocation rafraîchissante le rend de plus en plus joyeux ; il ne se rend pas compte qu'il a imprimé sur son cou des marques sanglantes. Détendu et réjoui, il ne peut s'empêcher de murmurer : « Quel beau temps ! »

Il ne s'attendait pas à entendre, à sa gauche, une voix claire reprendre en écho : « Oui ! Beau temps ! »

Il ajoute : « On voit les étoiles ! »

Et l'écho reprend : « Oui ! On voit les étoiles. »

Il poursuit : « La lune aussi va se montrer. »

Et on lui répond : « Oui ! Elle va se montrer. »

A peine la voix s'est-elle tue qu'un quartier de lune apparaît. Il éclaire d'un seul coup le ciel, mais la brume se fait plus épaisse. Il sort peu à peu de l'ombre des saules, elle aussi, et ils se rejoignent sur la route entre les deux bosquets. C'est un chemin de terre couvert de sable dont les grains brillent sous la lune.

« Il fait si chaud, ces jours-ci, dit-il en marchant à côté d'elle.

— La chaleur ne me fait pas peur », répond-elle.

Elle a les mains humides et collantes, comme imprégnées de larmes des arbres. Elle les frotte vigoureusement l'une contre l'autre avec un bruit irritant. Il les frappe avec une branche de saule.

« Pourquoi te frottes-tu les mains, dit-il, arrête ! »

La branche fraîche ne lui fait aucun mal en frappant sa peau brûlante, mais elle s'écarte :

« Non, justement ça me plaît de les frotter ! »

Il la frappe à nouveau. Il la suit quand elle s'esquive à gauche ou à droite. Elle se met à courir, il la poursuit. Elle court à grandes enjambées de ses longues et fortes jambes, le cœur battant, telle une biche poursuivie par le loup. Tendue mais en même temps jubilante, elle glousse de joie. Lui se ramasse comme un lièvre et s'élance, le corps penché vers le sol, ému et excité à la fois. Il frissonne légèrement, serre les dents sans un bruit. A un pas d'elle, il tend les bras, est sur le point de l'atteindre, mais elle l'évite. Devant eux, les rires et les chants sont proches, on distingue vaguement le groupe des autres. Instinctivement, elle ralentit sa course et il l'attrape. De très loin en aval, la mélopée des porteurs d'eau semble remonter le fleuve, mais quand on y prête attention, elle est couverte par le vent.

Le quartier de lune s'est caché, les étoiles pâlissent, la brume se fait plus dense. Ils n'y voient pas à cinq pas, mais entendent devant eux les chants qui s'éloignent, quittant la berge pour monter sur la digue, longuement suivis par l'écho. L'eau du fleuve coule, d'un noir d'encre, avec quelques points lumineux visibles par intermittence.

Eperdus et en même temps épuisés, main dans la main, ils prennent le chemin du retour. Quand ils approchent de la ville, ils retrouvent les lumières éclatantes, le grondement d'un train qui passe et le brouhaha des voix qui ne cesse jamais, de la gare jusqu'au quai. Dans cette ville, même la nuit ignore le calme. Ils empruntent d'étroites rues cimentées où rien n'étouffe leurs pas qui résonnent. Même s'ils font attention, posent le pied doucement, leurs pas sonnent avec un bruit clair et plaisant à l'oreille. Une faible lueur à l'horizon leur fait croire que l'aurore est proche, ils s'affolent comme s'ils avaient violé un tabou, marchent plus vite, se lâchent la main. « Comme il est tard ! » pensent-ils au même moment. Ils ont l'impression que tout ce qui les entoure les épie dans le noir. Sans se concerter, ils se disent en eux-mêmes : « Jamais je n'oserai recommencer. » Ils pénètrent dans le théâtre avec le sentiment d'avoir commis une grave faute.

La faible lueur qu'ils ont aperçue à l'horizon vient des lumières qui ne s'éteignent pas de toute la nuit, éclairant sans cesse la ville.

Le théâtre est plongé dans le noir, toutes lampes éteintes. Elle s'avance dans une obscurité à ne pas voir ses doigts quand elle étend la main, grimpe jusqu'à la cabine de projection, finit par retrouver sa place et se faufile sous sa couverture. Elle n'ose pas se déshabiller, de peur de réveiller les autres, et s'endort tout habillée. Lui erre dans les coulisses sans parvenir à retrouver sa couette. Il finit par y renoncer, cherche une malle pour en faire une couche de fortune, mais elles sont toutes occupées et il se fait agonir d'injures par ceux qu'il dérange. Il abandonne ses recherches, découvre à tâtons le rideau de scène, se couche à moitié sur un morceau de rideau qui traîne par terre et s'endort, le visage à l'abri des plis. La poussière qui imprègne le tissu depuis plusieurs décennies lui tombe sur le visage, mais blotti dans ses draperies, il se sent en sécurité.

Tout en sachant que le moment et le lieu sont mal choisis, ils ne peuvent refréner leur passion. Ils sont en parfaite santé après cette période de convalescence, le corps et l'esprit en pleine vigueur. Leur expérience passée les a mûris, ils savent maîtriser leur énergie débordante pour la concentrer sur l'acmé du plaisir. Leur attirance pour ce répugnant péché les tourmente, ils ne tiennent pas en place, n'ont de goût à rien. Seulement, ils ne parviennent pas à trouver un coin tranquille, partout il y a du monde, dans tous les coins, partout des groupes de gens. Ils ne peuvent qu'aller au bord du fleuve après le spectacle. Cependant, ils découvrent que même les bords de l'eau ne sont pas tellement tranquilles à ce moment-là : des promeneurs vont et viennent, il y a aussi des motoculteurs conduits par des paysans lourdauds et vulgaires. Un couple qui déambule suffit à provoquer leurs infâmes plaisanteries. Ils ont un regard perspicace et une insatiable curiosité. Quand ils balaient du regard le bois de saules à la façon d'un projecteur, impossible de leur échapper. En outre, il n'y a plus de nuit aussi noire que le premier jour, la lune et les étoiles éclairent comme en plein jour, si bien que l'on distingue le moindre brin d'herbe. Sans une obscurité complète, même s'ils sont parfaitement en sécurité, le désir s'émousse. S'ils doivent détourner une partie de leur attention pour rester vigilants, avoir honte et remords, se faire des reproches, ils n'arrivent plus à se concentrer pour jouir de cette douleur et cette joie merveilleuses. La première nuit, quand ils y repensent, leur paraît aussi invraisemblable qu'un conte de fées, irréelle, comme voulue mystérieusement par le destin. Mais depuis qu'une fois, au paroxysme du plaisir, ils ont été apostrophés par un paysan sur son motoculteur, l'abattement et l'humiliation les ont empêchés de retourner au bord du fleuve. La seule mention de ce lieu provoque en eux une honte insupportable. Ils sont bien obligés de se forcer à attendre dans ce petit théâtre où l'on se marche sur les pieds, et ils sont seuls à savoir combien l'attente les ronge. Ils pensent que le monde entier n'est que douleur, que douloureuse nécessité de prendre patience. S'il faut continuer à patienter ainsi sans espoir, la vie, même la vie, devient un fardeau. S'ils doivent traîner ainsi une existence misérable et sans joie, à quoi bon vivre ? Cependant, jeunes comme ils sont, ils ne peuvent y consentir, ils cherchent par tous les moyens à se ménager des occasions d'être seuls. Le spectacle se termine par un numéro réunissant presque toutes les danseuses de la troupe. Elle ne danse pas, mais doit aider la première danseuse à changer rapidement de costume au milieu du final. Après ce changement de costume, il reste encore sept minutes avant la chute du rideau. Normalement, les danseurs doivent se changer et se démaquiller avant de retourner au dortoir, mais il y a tellement de bousculade dans les coulisses que beaucoup de filles préfèrent rentrer se changer au dortoir. Cependant, le temps de passer par la scène, de contourner les sièges des spectateurs et de monter jusqu'à la cabine de projection, il leur faut bien trois minutes. Ils disposent donc tous deux de dix minutes, dix précieuses minutes. Ils connaissent par cœur chaque mesure qui monte de la scène jusqu'à la cabine de projection, chaque mesure est un signe qui leur rappelle ce qu'ils doivent faire, car leur temps est étroitement minuté. Quand le plaisir est passé, le sentiment de tous leurs espoirs réduits en poussière leur donne envie de se taper la tête contre les murs jusqu'à en faire jaillir le sang. Pourtant, le lendemain, ils sont si brûlants de désir qu'ils oublient toute pudeur.

« Qu'est-ce qui nous prend ? »

Encore tout essoufflés, ils se relèvent en hâte. Lui vole au bas de l'escalier, elle remet de l'ordre sur le champ de bataille. Désorientée, elle ne peut s'empêcher de penser :

« Mais qu'est-ce qui nous prend ? »

Cette humiliation, ce désespoir, l'amènent, elle qui n'a jamais beaucoup réfléchi, à s'interroger :

« Mais qu'est-ce qui nous prend ? »

Mais la question demeure sans réponse, ils sont incapables d'y répondre et personne ne peut le faire pour eux. Il ne leur reste qu'à se faire des reproches et se tourmenter.

La précipitation et la tension les empêchent cependant d'assouvir complètement leur désir, ce qui les fait encore plus rêver à l'autre. Ils ressentent vivement les entraves que leur créent les tiers, ils se sentent particulièrement seuls et ne peuvent s'empêcher de se blottir étroitement l'un contre l'autre, de s'entraider dans leur infortune et de regarder le monde entier d'un œil hostile. Chaque jour, il lui achète un cadeau : de l'eau de Cologne, un esquimau, un mouchoir, une barrette pour les cheveux, de la poudre de riz. Elle se poudre devant le miroir à longueur de journée, pour dissimuler son teint bronzé sous une épaisse couche de poudre blanche, tel un kaki sec couvert de givre. Elle se trouve jolie ainsi mais n'a pas le cœur à se réjouir de cette beauté. Elle est si affligée que rien ne l'intéresse. Cette affliction même la rend gentille et prévenante envers lui. Elle achète de la viande et des œufs au marché et les cuisine pour lui sur un réchaud à alcool emprunté. Elle les cuit trop peu, presque sans huile ni sel, mais il mange tout, plein de reconnaissance. Assise à côté de lui, elle l'observe, tendue dans l'attente de ses réactions. Il mange en silence, sans un mot. Quand elle le voit peu à peu finir le plat, elle se détend, satisfaite. Ils n'ont nulle part où aller pour se parler seul à seul, mais dans leur cœur ils se sont déjà fait mille et mille serments. Ils sont à la fois solitaires et dévorés d'anxiété, mais malgré leurs tourments, loin d'être pâles et défaits, ils paraissent au contraire de plus en plus robustes et florissants. Ils ont beau être à bout de patience, ils sont bien obligés de se contenir. Avec dans le cœur ce brasier auquel ils ne peuvent échapper, rien n'est plus éprouvant pour eux que de devoir supporter ce feu qui les ronge en restant impassibles. Quand ils entendent au crépuscule un long coup de sirène venant du quai, ils imaginent qu'il est lancé par un bateau qui vient de leur petite ville, ils sont saisis d'un furieux, d'un irrésistible désir de rentrer, de quitter cet endroit où tout n'est qu'effervescence. Quand ils songent à elle à présent, leur petite ville leur paraît un havre de calme et de tranquillité.

Heureusement, les représentations terminées, la tournée va se poursuivre. Ils espèrent que la prochaine étape leur ménagera un lieu tranquille pour assouvir le désir qui les brûle. Cette fois-ci, ils partent par le train. Ils attendent patiemment que les décors soient démontés et emballés, que les toiles, projecteurs, accessoires et costumes soient chargés sur un wagon spécial, puis ils attendent le train dans une gare sans abri, sous l'ardent soleil de midi. Une fois montés à grand-peine dans le train, faute de places libres, ils sont obligés de rester debout dans le couloir, dans un équilibre précaire. Dérangés par les vendeurs ambulants de nourriture puis de boissons, ils doivent se faufiler vivement entre les jambes des voyageurs assis pour les laisser passer, ce qui provoque d'aigres reproches. Pourtant, ils prennent leur mal en patience, contiennent leur irritation, car les espoirs qu'ils mettent dans la prochaine étape les rendent d'humeur joyeuse. Debout face à face, appuyés chacun contre un dossier, ils détournent la tête pour éviter de se regarder, mais ils partagent le même espoir sans avoir besoin de l'exprimer par des mots. Le train roule bruyamment sur les rails, il prend son temps, s'arrête à chaque petite gare, mais ils ont assez de patience car ils croient sincèrement que tout ira bien quand ils seront arrivés. Ils laissent derrière eux le bord du fleuve, ils n'y pensent ni l'un ni l'autre, mais ils ne l'oublieront jamais. Il les poursuivra éternellement, son souvenir s'imposera à eux.

C'est un été torride et ils transpirent à grosses gouttes. A l'arrivée, exténués, ils descendent enfin du train. La troupe s'installe dans un théâtre de mille places, qui donne à l'arrière sur une petite cour fermée par trois bâtiments bas entourant un puits à pompe électrique. Du matin au soir, on entend le murmure de l'eau comme s'il pleuvait. Le soleil traverse les minces toits de tuiles : dans les pièces règne une étouffante chaleur de four. Les hommes qui ne supportent pas cette fournaise sortent leurs nattes qu'ils étendent par terre pour dormir, remplissant ainsi toute la cour. Tous deux, stupéfaits, se demandent sur quoi reposaient leurs espoirs, qu'espéraient-ils donc trouver de mieux ? Une chambre pour chacun ? Quand ils comprennent l'absurdité, l'inanité de leurs espoirs, le découragement les gagne. En effet, ici, c'est encore pire qu'à l'étape précédente où il y avait séparation entre les femmes à l'étage et les hommes en bas. A présent, toute la troupe est réunie au rez-de-chaussée, sans une cachette, sans rien pour se dissimuler. Tout se passe au grand jour, à la vue de tous, sans même une berge de fleuve offrant un semblant de sécurité. Ils ne peuvent s'empêcher de regretter la ville qu'ils ont quittée. Ils découvrent soudain toutes les possibilités qu'elle leur offrait. Ils auraient dû les apprécier, en profiter, ils ont manqué l'occasion. Ici, il n'y a aucun recours possible, aucun espoir. L'abattement, le découragement les portent à ne plus rien attendre des prochaines étapes. Ils trouvent le présent bien difficile à vivre. Accablés, démoralisés, ils deviennent irritables. Dès le soir de l'arrivée, elle se querelle avec une autre fille pour une bagatelle. Tandis qu'elle installe sa moustiquaire, on la bouscule et la moustiquaire qu'elle venait d'arranger tombe en désordre. Dans la pagaille de l'arrivée, rien n'est plus banal qu'une bousculade, mais elle en fait tout un drame. En larmes, la voix enrouée, suffocante, elle ne parvient pas à s'expliquer. Sans indulgence, l'autre fille se met à l'invectiver avec une virulence cent fois supérieure à la sienne. Elle a des paroles très dures, avec des sous-entendus on ne peut plus clairs. Même elle qui n'est pas très futée les comprend, mais, incapable de se défendre en paroles, elle tremble de la tête aux pieds et gronde comme une bête sauvage. Si les autres ne la retenaient pas, elle bondirait sur cette fille et la mettrait en pièces. Pourtant, cette première confrontation lui fait comprendre qu'elle n'est pas de taille à se mesurer aux autres, elle manque de répartie, ce qu'elle dit est ridicule et sans force. De plus, à partir de cette dispute, ses compagnes prennent leurs distances. Non seulement elles la tiennent à l'écart, mais elles font exprès de dire pour qu'elle l'entende : « Si nous n'avons pas le droit de la provoquer, au moins pouvons-nous nous tenir à distance. » La gorge serrée de colère, elle n'a cependant aucune raison d'aller argumenter avec elles. Dans son cœur couvent les flammes d'une colère sans nom, qui se mêlent à son désir brûlant et doivent absolument trouver un exutoire.

Elle ne peut s'en prendre qu'à lui. C'est une colère qui appelle à l'aide. Il vient aussitôt à son secours et ils s'emportent l'un contre l'autre. Cela fait longtemps qu'il enrage, et s'il ne s'était pas dominé, il se serait querellé mille fois avec bon nombre de ses compagnons. Cependant, plus raisonnable qu'elle, il est parvenu à se maîtriser. Mais le feu qui le brûle est encore plus violent, plus sauvage que pour elle. Il est à bout de patience tant il se sent dans une impasse. Si elle n'avait pas provoqué la querelle, c'est lui qui l'aurait fait et tout comme pour elle, c'eût été un appel à l'aide. Elle est la seule personne qui puisse lui fournir l'occasion de laisser éclater sa fureur, et pour elle, c'est la même chose. Ils n'ont d'autre issue que de s'emporter l'un contre l'autre. C'est une bagarre comme on en a rarement vu dans les annales de la troupe. Il la piétine avec violence, la bourre de coups de pieds à la faire passer de vie à trépas, pourtant elle se relève, le jette à terre à son tour, puis saisit une pierre avec laquelle elle le frappe à la tête. Dans le silence, un flot de sang rouge foncé coule jusque sur les dalles de pierre. Après un moment de stupeur, les spectateurs la ceinturent et l'immobilisent, elle aussi frappée de stupeur. On le transporte vers l'hôpital sur un brancard, mais à mi-chemin, il se remet debout et veut absolument retourner à pied au théâtre. Il rentre en pressant sa main sur la blessure. Sous sa paume, le sang coule goutte à goutte et tombe sur sa poitrine nue. Il se sent pourtant soulagé et un peu plus calme. Ce jour-là, ils ressentent une paix exceptionnelle, le feu qui les dévore s'apaise.

Mais de ce jour, ils deviennent les pires ennemis au monde, les plus hostiles, les plus irréconciliables. Ils ne peuvent pratiquement pas se trouver face à face, la moindre rencontre entraîne des démêlés catastrophiques. Il suffit d'un échange de quelques phrases agressives pour qu'ils en viennent aussitôt aux mains sans que l'on parvienne à les séparer, tels deux chiens errants qui s'accouplent. Nombreux sont ceux qui font cette comparaison, mais personne n'ose la formuler à haute voix, tant la remarque serait blessante. D'ailleurs, ces deux êtres les effraient sincèrement. Aussi s'arrange-t-on pour les isoler par tous les moyens, pour éviter les rencontres et les frictions. Ils sont pourtant inséparables, s'ils passent un jour sans se voir, comme envoûtés, ils vont à la recherche l'un de l'autre. Quand ils s'aperçoivent, sans se donner le temps de s'expliquer, ils s'élancent et qui un coup de poing, qui un coup de pied, la bagarre commence de façon inattendue.

C'est un véritable corps à corps, bras emmêlés, jambes emmêlées, cous emmêlés, il s'ensuit une lutte serrée et prolongée. C'est d'abord elle qui a le dessus, ensuite c'est lui, puis elle à nouveau, puis lui, toujours sans vraie victoire, sans résultat clair. Ils ont le désir de faire mal à l'autre, de même qu'ils désirent que l'autre leur fasse mal ; s'ils n'ont pas mal, c'est comme s'ils n'assouvissaient pas leur passion. Quand ils se font vraiment mal, ils poussent des cris déchirants, des cris perçants qui font frissonner les autres. Les gens sensibles se rendent compte que si ces cris sont terrifiants, c'est parce qu'ils expriment une joie étrange. Comme tous deux s'endurcissent dans ces batailles, ils deviennent jour après jour plus forts mais plus insensibles. Ils doivent donc déployer plus de force pour faire mal à l'autre. Chacun sait ce dont l'autre a besoin, et il s'attaque aux endroits les plus sensibles et les plus faibles de l'adversaire. Ils se réjouiraient, semble-t-il, s'ils mettaient l'autre à mort. Ils affichent l'un comme l'autre le calme d'êtres prêts à mourir sans regret.

Ils se maîtrisent de moins en moins, perdent tout bon sens, ils se provoquent comme pour exciter le désir, puis s'empoignent, s'étrillent brutalement comme s'ils se caressaient follement. Sans la moindre raison, ils haïssent l'autre à mort. Quand ils pensent à l'autre, la fureur monte en eux. Cette haine, ils la ressentent jusqu'à la moelle. Elle devient d'autant plus violente qu'ils ne peuvent la justifier. Quand, dans leur empoignade, ils se roulent par terre en tous sens, ils oublient où ils se trouvent, ils oublient les spectateurs qui les entourent de toutes parts. Ils sont plongés dans un égarement si frénétique qu'ils ressentent les interventions des spectateurs comme des entraves à leur ivresse : elles déclenchent leur colère et leur résistance. Ils savent cependant que leur colère et leur violence ne peuvent être dirigées que contre un seul adversaire, aussi cela décuple-t-il les tortures qu'ils lui infligent. C'est un point dont ils ont clairement conscience. Ils en souffrent de façon indicible. Ils ne comprennent pas d'où vient finalement la force qui les pousse à agir de façon si enragée, si dépourvue de scrupules. Ils ne comprennent pas d'où s'élèvent ces flammes qui les embrasent, qui les ravagent si cruellement. Ils ne comprennent pas :

En eux, qu'est-ce qui se passe ?

Qu'est-ce qui se passe ?

Qu'est-ce qui se passe ?

Un certain sens de leur corps est, malgré eux, impitoyablement abusé et désorienté. Ces deux enfants innocents, quelle force surnaturelle se voue à les enfoncer dans un tel gouffre de noirceur et de vilenie ? C'est comme s'ils étaient tombés dans un piège, dans un complot, dans un guet-apens, ils sont incapables de se dégager, ne reçoivent aucun secours, aucune aide.

Personne pour les aider.

Personne capable de les aider !

Pour se sauver, ils ne peuvent s'appuyer que sur leur douloureuse expérience. Ils ne peuvent compter que sur eux-mêmes !

L'espoir du retour est si lointain, une dizaine d'étapes sont encore prévues dans la tournée. Les contrats ont été signés six mois plus tôt avec les sceaux rouges des deux parties apposés sur le document qui a force de loi. Il ne saurait être question de modifier ces contrats pour tenir compte de la passion ignorée de deux enfants inconnus. Il leur faut donc attendre, attendre sans fin, sans pouvoir voler le moindre plaisir. Les villes et les théâtres sont plus ou moins grands, plus ou moins beaux, mais ils ont tous un point commun : aucun ne possède un coin tranquille où ils pourraient se retrouver seuls. La berge du fleuve avec son rideau de saules pleureurs s'éloigne de plus en plus, jamais ils ne la reverront. Cette berge est imprimée de façon indélébile dans leur souvenir, de même que les coups de sirènes qui remontent de l'aval, apportant des nouvelles de leur chère petite ville. Eprouvés par une faim et une soif insupportables, ils ne peuvent que se torturer l'un l'autre pour brûler leur énergie et leur force débordantes. Peu à peu, les autres finissent par s'habituer à leurs pugilats, ils renoncent à s'interposer pour les arrêter. Mais dès lors qu'aucune force extérieure ne cherche à les séparer, leurs combats face à face leur semblent privés d'une part de joie. Sans lutte acharnée contre ces forces extérieures, leur énergie effrénée ne parvient pas à s'épancher complètement. Si chacun concentrait ses forces contre l'autre, cela suffirait pour le vouer à une mort certaine, ce qui les effraie tous deux. En effet, chacun a conscience du rôle important de l'autre. Sans l'adversaire, ce serait la fin de tout. Aussi se contrôlent-ils inconsciemment. Il fait tellement chaud que la chaleur extérieure jointe à la chaleur de leur cœur les entraîne à deux doigts de la mort. « Mourir, se dit-il, serait une chance. » Elle est trop bornée pour songer au problème de la vie et de la mort. Elle non plus ne craint pas la mort. Cependant, leur jeune vie est si vigoureuse, indomptable, elle a déjà résisté à tant d'épreuves qu'ils ne peuvent tout simplement pas mourir. Il a une éruption de boutons rouges sur le visage et le corps, qui vont éclater comme des fruits trop mûrs. Quant à elle, ces épreuves, loin de la faire maigrir, lui font prendre encore plus de poids, modifiant ses formes de façon anormale. Auparavant, bien que mal proportionnée, comme toute jeune fille elle respirait la grâce et la fraîcheur. A présent, elle est aussi lourde qu'une femme de la campagne ; les fesses tombant sur les cuisses, elle se dandine comme un canard en marchant. De plus en plus sale, elle ne soigne pas sa tenue, s'habille n'importe comment, mais elle se poudre le visage. Ses manières aussi laissent à désirer : elle relève sa jupe toute froissée pour s'asseoir et quand elle se relève, elle laisse la trace nette de ses fesses en sueur sur le tabouret. Des camarades bien intentionnées le lui font observer, mais elle n'y attache aucune importance et oublie leur conseil l'instant d'après.

« On dirait une femme mariée ! remarquent les jeunes filles derrière son dos.

— Mais c'est une femme ! » tranche une femme mariée.

La chaleur est telle qu'ils n'arrivent pas à dormir sur les lits collectifs. Les hommes couchent depuis longtemps à la belle étoile et les femmes sortent de leur dortoir l'une après l'autre pour émigrer vers le toit en terrasse du théâtre. Les femmes d'un côté, les hommes de l'autre, ils se tiennent tranquilles. Ils ont beau être trempés par la rosée en fin de nuit, personne n'a le courage de rentrer au dortoir. Dans les pièces obscures, la susurration des moustiques remplit l'espace, tels dix mille violons dont on ferait vibrer les cordes à vide. Une fois, en pleine nuit, sans s'être donné le mot, tous deux redescendent en catimini de la terrasse et entrent dans une pièce déserte. Des nuées de moustiques qui volent en tous sens leur frôlent le visage, les mains et le corps. Debout dans le silence, chacun entend la respiration précipitée de l'autre. Puis il l'attrape par le bras et la pousse au hasard sous une moustiquaire. Les moustiques s'y engouffrent, bourdonnant à leurs oreilles en un véritable bombardement. En un instant, ils sont la cible de dizaines de piqûres qui les démangent furieusement, mais ils n'en ont cure. Tout transpirants, ils se roulent dans leur sueur à l'odeur forte et répugnante. Privées de la natte de paille, les planches rugueuses du lit leur font mal, les égratignent, leur plantent des dizaines d'échardes dans le corps, mais ils ne s'en rendent pas compte. Soudain, le bourdonnement des moustiques se calme, la lourde chaleur régresse, ils sentent la fraîcheur l'espace d'un instant, mais aussitôt après, l'humiliation et le regret les submergent. Elle éclate en sanglots, mêlant sueur et larmes. Lui ne pleure pas, mais il sent monter en lui le remords et ravale ses larmes.

Juste Ciel ! Est-ce qu'ils vont mourir ? Ont-ils contracté une maladie incurable ? Doivent-ils aller consulter un médecin ou se confier à quelqu'un ? Mais quelle honte ! Impossible d'en parler à qui que ce soit ! Parce qu'il leur faut garder un secret absolu, ils ne peuvent échapper à l'isolement. Ils conserveront toujours leur sordide secret, jamais ils ne pourront se sentir à l'aise parmi les autres, ils sont voués à la solitude. Il serre les poings et frappe lourdement le bord du lit sans oser crier. Des hordes de moustiques envahissent la moustiquaire, les assiègent et sucent leur sang à cœur joie. Mais comme ils sont engourdis, ils ne sentent ni la douleur ni la démangeaison. Le monde leur semble plongé dans des gémissements tonitruants, ils sont complètement désemparés.

Dans la fraîcheur de l'automne, ils reviennent au chef-lieu. Vers le soir, ils aperçoivent les bouquets d'arbres verdoyants baignés dans un halo doré par les rayons du soleil déclinant. Lentement, les arbres s'assombrissent jusqu'à former une masse d'un noir d'encre dissimulée dans le crépuscule. Il fait nuit noire quand le bateau accoste et que la compagnie débarque avec tout son chargement ; recru de fatigue, ses bagages sur l'épaule, chacun gagne la rive par l'étroite passerelle. Au loin, on entend la mélopée des porteurs d'eau dont les vocalises flottent dans l'obscurité entre ciel et eau. Tous deux parmi les autres franchissent la passerelle branlante : elle vacille dangereusement sous leurs pas, sans toutefois les jeter à l'eau, et ils retrouvent les oscillations familières avec un brusque sentiment de nouveauté. Ils lèvent un visage dont la nuit ne parvient pas à masquer les flétrissures, pour regarder avec indifférence la petite ville qu'ils ont quittée trois mois plus tôt. Ils ne peuvent se défendre d'une certaine tristesse. Tout leur semble familier mais en même temps distant. Sur la rive, ils s'arrêtent un instant. Tout près, la charrette d'un porteur d'eau peine à gravir la pente raide depuis la rive. L'homme est penché en avant et le chant de sa puissante voix de basse s'étire aussi. La charrette qui vacille laisse échapper de l'eau du tonneau. Sur la route qui mène à la ville cheminent au clair de lune quelques rares piétons, une voiture tirée par un âne, sabots sonnant clair sur la terre du chemin. La troupe emprunte cette voie vers la ville : quelques bifurcations partent vers d'indiscernables lointains. La voiture à l'âne tourne à un carrefour et disparaît. Seul perdure un long moment le son clair des sabots.

La route les conduit vers le centre où règne le silence car boutiques et particuliers ont fermé leurs portes. Le bruit confus des pas de la troupe y trouble le silence. Quelqu'un entrouvre sa porte, veste jetée sur l'épaule, et s'efface derrière le battant pour les observer. A la vitrine du photographe, les lumières sont éteintes. Toujours les mêmes photos rehaussées de couleurs, pour la plupart de danseuses de la troupe, en costume, les yeux lourdement maquillés de noir et les lèvres d'un rouge vif prêt à couler. Dans un coin de la vitrine, une photo d'elle en noir et blanc, dans le rôle de Xi'er[1]. Elle

1. Xi'er : héroïne de l'opéra célébrissime du répertoire officiel, *La fille aux cheveux blancs,* créé à Yan'an en 1945, également adapté en ballet.

tourne la tête, dans une pose à la fois naïve et affectée. Quand ils passent devant la vitrine, tous deux jettent un regard machinal, comme s'il s'agissait d'un épisode très lointain concernant quelqu'un d'autre, une inconnue : un regard indifférent, et ils poursuivent leur chemin.

Ils marchent, éclairés par la lune ; sur la route empierrée, les cailloux luisants reflètent sa lumière, chaque arête ressort. Qui les observe longuement ne voit plus le chemin, mais un réseau de lignes entrecroisées tout en sinuosités. Ils foulent ce réseau et croient entrer dans un monde de rêve paisible où ils se sentent désemparés. Tout alentour est pourtant bien réel, et réel aussi le solide chemin qui résonne sous leurs pas. Le clair de lune coule sur eux, eau à la fois fraîche et tiède. Les peaux de kakis visqueuses jetées au bord du chemin sont glissantes, qui marche dessus par inadvertance risque de tomber. Devant la porte hermétiquement close d'un petit restaurant, le poêle dont on a couvert les braises, encore chaud, laisse échapper des étincelles. Les toilettes publiques sentent, mais l'odeur se répand si largement que l'on finit par ne plus la sentir.

« Nous sommes enfin rentrés », pensent-ils.

« En fin de compte, nous voici rentrés », se disent-ils.

Ils se trouvent cependant curieusement apathiques et même un peu déçus. Comme s'ils avaient perdu ou laissé quelque chose d'eux-mêmes en route. Ils ont l'air de deux inconnus entrant dans cette petite ville bien connue. Pour eux, ces trois mois ont duré trente ans, trois cents ans... La petite ville n'a pas changé, si ce n'est que de nombreux chats errants y ont fait leur apparition. Silencieux, ils se faufilent ici ou là sans un bruit, ou bien lovés sur le faîte des murs, ils observent les humains avec attention. Un mur vient d'être abattu et une maison à demi construite se dresse, silencieuse, parmi les matériaux de construction.

Enfin, par le portail grand ouvert, ils pénètrent dans la cour où réside la compagnie. Toutes les lumières sont allumées : la loge du concierge, la chaufferie, la cuisine sont éclairées, ainsi que les appartements des familles qui attendent le retour d'un proche, debout à la porte près du vieux concierge. Chaleureusement accueillis, ils entrent, se dirigent vers leur logement, ouvrent portes et fenêtres, puis les lampes s'allument les unes après les autres. Le studio est illuminé, lui aussi. Ils le traversent pour aller chercher leur souper aux cuisines. Quand ils foulent le plancher dont la peinture rouge est décolorée, ils font légèrement vibrer les lattes qui craquent sous leurs pas. Machinalement, tous deux s'arrêtent un instant devant un des miroirs. Ils y découvrent une silhouette inconnue. Toute jeune qu'elle est, déjà la paupière inférieure est tombante, la peau du visage rêche, les pores du nez dilatés et la démarche lourde est celle d'une oie. Lui est si maigre qu'il est tout ridé, et son éruption de boutons lui a laissé quantité de profondes cicatrices sur tout le corps ; il est impatient de se laver enfin de la tête aux pieds. Devant la douche s'étire une longue queue. Certains renoncent à attendre, ils emportent leur cuvette pleine d'eau pour se laver dans leur chambre, et en renversent partout en route. Du premier étage, l'eau traverse le plancher pourri, elle s'écoule goutte à goutte jusqu'au rez-de-chaussée comme s'il y pleuvait. De vigoureuses protestations s'élèvent, sans toutefois entraîner d'altercations. Quelle joie d'être de retour ! Après avoir erré comme des vagabonds pendant cent jours, ils sont heureux d'être enfin rentrés au bercail.

Tous deux sont heureux, eux aussi, mais bien plus calmes. Pendant ces trois mois d'absence, ils pensaient chaque jour au retour, comme si, une fois rentrés, un autre monde, une autre vie les attendait. A présent qu'ils sont rentrés pour de bon, ils ne voient pas en quoi consiste ce nouveau monde, cette nouvelle vie. Naturellement, il leur sera bien plus facile de se rencontrer seuls tous les deux. Ici, les lieux leur sont familiers, ils connaissent des endroits isolés. Ils pourraient en énumérer une bonne dizaine d'une seule traite. Pendant la tournée, ce à quoi ils aspiraient avidement, n'était-ce pas à trouver une cachette discrète où ils pourraient assouvir sans retenue tous leurs désirs les plus vils ?

A présent, ils n'ont plus à s'en soucier, mais comme ils sont tourmentés ! A cause de leur longue souffrance, ce jour si longtemps attendu leur paraît banal. Cependant, le lendemain soir, ils sortent subrepticement sans avoir besoin de convenir d'un rendez-vous, tant est forte leur connivence. Puis ils sortent presque tous les soirs pour ne rentrer qu'à une heure avancée de la nuit. Ils se séparent parfois aussitôt après l'étreinte, sans attendre une heure tardive. Ces rencontres sont devenues pour eux aussi ordinaires que les repas quotidiens, sans portée particulière, pourtant ils ne peuvent s'en passer. Impossible de faire autrement, ils ne peuvent vivre sans elles. Comme si la poussée d'une force puissante avait instauré une habitude immuable, ils croient ne plus pouvoir s'arrêter. Pourtant, le plaisir, de plus en plus fugitif, ne dure qu'un bref instant, parfois même il ne vient pas. Dans ce cas-là, ils s'affolent comme s'ils avaient perdu quelque chose d'important qu'il leur faut absolument retrouver. Impatients, ils enchaînent les tentatives jusqu'à être complètement épuisés. Ils ne comprennent pas quel est le but de leur vie. Est-ce vraiment de se livrer à ces basses pratiques avec en punition d'épouvantables remords ? Comme s'ils avaient trébuché, qu'ils s'étaient retrouvés pris dans un piège dissimulé sous de belles fleurs et qu'ils étaient en train de tomber en chute libre dans un gouffre ; comme s'ils avaient glissé dans un torrent irrésistible, emportés malgré eux par cette spirale de violence. Ils se croient les êtres les plus malchanceux au monde, au point de vouloir mourir pour en finir, mais sans parvenir à passer à l'acte. Il est vrai qu'ils ont encore un peu d'attachement, amour et douleur mêlés constituent ce vil plaisir. Comme s'ils n'avaient pas épuisé les malheurs inévitables que le destin leur a inexorablement fixés.

Après l'automne vient l'hiver, un hiver étonnamment doux, sans grande chute de neige, juste une légère couche qui fond dès qu'elle touche le sol. Les flocons étincelants se transforment aussitôt en boue noirâtre. Puis vient un printemps porteur de maladies. Presque tout le monde tombe malade. Il y a des épidémies de grippe, de maux de ventre, de toux, d'asthme, d'hépatite B. Il y a foule à l'hôpital : c'est l'endroit le plus animé de la ville. Une maladie inévitable sévit sans être trop grave, c'est la diarrhée. Elle commence par une débâcle qui s'atténue peu à peu, évolue vers une légère fièvre avant la guérison. Il n'y a guère de séquelles, juste dix jours d'asthénie et de manque d'appétit. La maladie cause bien des soucis aux médecins de l'hôpital local, ils consultent tous leurs traités avant de découvrir enfin qu'elle est causée par l'eau. La ville n'a pas d'adduction d'eau, celle des puits est saumâtre et l'on a donc recours au fleuve. Toutes sortes de bateaux y circulent à longueur d'année, ils consomment du gazole dont les résidus se répandent dans l'eau. Un regard objectif permet d'observer des nappes brillantes qui forment une pellicule à la surface. S'y ajoute la douceur de l'hiver qui a empêché de nombreux microbes de mourir tandis que sont apparus de nouveaux germes à foison, si bien que le fleuve est pollué. Tout le monde boit de son eau, et tout naturellement, tout le monde souffre de gastro-entérite, le contraire serait étonnant. L'hôpital a mis au point une prescription à base de plantes et installé une table à la porte. On y distribue des sachets de remèdes à ceux qui souffrent de diarrhée sans qu'ils aient besoin de s'inscrire pour une consultation. Tous les habitants travaillant dans la ville doivent juste fournir une attestation ; les sans-travail et les paysans des alentours paient la modique somme de cinq centimes. Rares sont les paysans atteints, « car ils n'ont pas la chance de boire cette eau ! » disent-ils tout contents, se réjouissant du malheur d'autrui. D'un naturel généreux, ils sont malgré tout pleins de compassion. Pendant cette période, les paysans viennent fréquemment en ville avec dans leurs charrettes des outres de cuir synthétique spécialement destinées au transport de l'engrais humain. Les toilettes publiques se remplissent très vite. Il ne faut qu'une demi-journée pour qu'un liquide jaunâtre déborde et s'échappe jusque dans la rue. Les chats et les chiens aussi sont touchés, mais personne ne les soigne, si bien que leurs déjections souillent les rues. On voit chiens et chats malades, se traînant sans force, la queue basse. Cette bonne ville paisible est empuantie et jonchée d'ordures en un clin d'œil. On se demande vraiment quel interdit elle a enfreint pour que le Ciel la punisse ainsi.

Même dans ces circonstances, ils ne peuvent cesser de se rencontrer. Pour trouver un endroit propre, non souillé par les excréments, ils n'hésitent pas à faire un long chemin jusqu'à une aire de battage distante de cinq kilomètres et à se cacher dans une meule de paille. Ils réduisent en miettes cette paille que les paysans destinent au bétail. Une nuit, affaiblis par la diarrhée, ils s'endorment lourdement dans la meule. Malgré leur profond sommeil, l'inquiétude leur fait faire des cauchemars plus ou moins vraisemblables qui leur donnent des sueurs froides. La rosée imprègne la paille de l'an passé qui leur sert de couverture, s'infiltre dans leurs vêtements et sur leur peau. Ils tremblent de froid mais ne se réveillent pas pour autant. Ils se recroquevillent sur eux-mêmes, tantôt pelotonnés l'un contre l'autre, tantôt séparés. Un long moment s'écoule avant qu'ils n'ouvrent les yeux presque en même temps sur le ciel qui pâlit. Stupéfaits, incrédules, ils découvrent les premières lueurs de l'aube. Puis ils comprennent soudain qu'ils ont passé là toute la nuit. Ils se lèvent avec un cri d'effroi et, pris de panique, se précipitent vers la ville. Les paysans matinaux aperçoivent ce garçon et cette fille débraillés, couverts de brins de paille de la tête aux pieds, ils les regardent, étonnés, passer en courant. Au loin monte le *ding ding ding* de la cloche dont le son plaisant appelle les membres de la brigade de production au travail du matin. Elle tinte à leurs oreilles comme une voix de mauvais augure, mais ils n'ont pas le temps d'y réfléchir. Quand ils arrivent, affolés, au siège de la compagnie, tout le monde est déjà levé, certains se brossent les dents et se débarbouillent près du bassin, d'autres, accroupis contre le mur, avalent leur petit-déjeuner, d'autres encore sont déjà à l'entraînement dans le studio. On mange et on se lave au milieu des bavardages et des plaisanteries. Du studio s'échappe un enregistrement de piano qui accompagne les exercices, une valse à trois temps, fraîche et plaisante. Toutes ces scènes leur semblent disposées à dessein pour leur montrer le bonheur des autres. Face à ce bonheur pur et paisible, effrayés et pleins de honte, ils se considèrent comme les êtres les plus malheureux au monde. Au soir de ce jour-là, elle décide de mourir pour en finir.

Enfant toute simplette, elle est arrivée très jeune pour être formée à la danse dans la compagnie. N'ayant fait que trois ans d'école, elle n'était même pas capable d'écrire une lettre présentable à ses parents qui habitent le district voisin. Elle était heureuse de vivre, ne connaissant rien de la vie ni de ses soucis. Tout ce qu'elle savait faire, c'était manger puis dormir, on ne lui avait pas appris à réfléchir. C'est pourquoi, en s'entraînant quatre fois plus que les autres, elle n'a fait que d'infimes progrès. Elle considère la mort, tout comme la vie, de façon simpliste. Sa décision n'a pas été difficile à prendre, elle n'a eu besoin ni d'un grand courage ni de longues réflexions. Elle se figure vaguement que mourir, c'est s'endormir, c'est partir au loin, sur une longue route, comme pour un voyage. Bien sûr, il ne s'agit pas d'un voyage comme les autres, la différence, c'est qu'elle ne peut rien emporter avec elle. Il lui faut laisser tout ce qu'elle possède, même ce qu'elle aime le plus. « Eh bien, puisqu'il faut tout laisser, laissons tout », se dit-elle simplement. Mais quand elle commence à se préparer sérieusement à mourir, elle s'aperçoit que laisser tout ce qu'elle possède ne libère pas de tout souci. Comme à chaque fois qu'elle se prépare à partir, elle commence par mettre de l'ordre dans sa garde-robe. Elle renverse le contenu d'une malle en osier sur son lit, secoue les vêtements l'un après l'autre, les lisse puis les replie en se demandant à qui il convient de les laisser. Elle retrouve les vêtements qu'elle portait à son arrivée dans la compagnie, tout petits et démodés. Elle les plaque contre elle, incrédule, elle se demande comment elle a pu entrer dans de si petits vêtements. On jurerait qu'ils sont faits pour un bébé quand on les compare à ce qu'elle est devenue maintenant. Elle se souvient qu'elle n'avait que douze ans à l'époque. Ce qu'elle était à cet âge-là lui semble, quand elle y repense, réalité fort lointaine. Il ne s'est pourtant passé que neuf ans depuis ce temps-là. Sur ces effets qu'elle tient en main, elle remarque les coutures piquées par sa mère sur sa machine à coudre Papillon. Elle croit encore entendre le ronron allègre de la machine. Quand ce ronron devenait plus sourd, son père la lubrifiait avec une burette verte dont le tube effilé laissait tomber l'huile goutte à goutte dans chaque rouage, à la façon d'une poule qui picore. Graissée, elle retrouvait son ronron allègre comme un chant. Hélas ! qui voudrait de ces affreux vêtements démodés ? Personne n'aurait envie de porter ces modèles rouge et vert vif, ils ne plairaient à personne. Sauf à la campagne, bien sûr, où les paysans font cas de la moindre chose. Elle se souvient d'une fois où la troupe était allée jouer sur le chantier d'un ouvrage hydraulique. Dans la famille qui l'hébergeait, la fille, qui n'avait même pas de pantalon, restait toute la journée dans son lit. Sa couette sans dessus ni doublure était un espèce de sac de coton qui faisait penser à un chalut. Aussi cherche-t-elle une feuille de papier, elle en enveloppe les vêtements et écrit dessus : « Prière à la direction de transmettre ces vêtements à des enfants de pauvres paysans. » Puis elle range le paquet dans un coin de la malle avant de continuer à mettre de l'ordre dans ses affaires. Elle possède aussi une tenue militaire, avec pantalon à pattes d'éléphant, qui fut un temps très en vogue. Elle est encore en assez bon état mais de si petite taille qu'elle n'entrerait plus dedans à présent. Elle peut la donner à sa jeune sœur. Celle-ci n'a que deux ans de moins qu'elle. A sa sortie du lycée, elle est devenue caissière dans une boucherie. Ces tenues ont beau avoir vieilli, du moment qu'elles viennent de la compagnie de danse, les gens se figurent qu'elles sont à la pointe de la mode. A l'époque, cet ensemble faisait terriblement envie à sa sœur. Elle en fait un paquet sur lequel elle écrit : « Pour ma chère petite sœur. » Quand elle écrit le mot « chère » devant « petite sœur », les larmes, malgré elle, lui montent aux yeux. Elle ne peut pas vraiment dire qu'elle chérit sa sœur. Une fois, celle-ci est venue lui rendre visite juste quand elle avait demandé un congé pour retourner voir sa famille, si bien qu'elles se sont manquées. Ses compagnes de chambre se sont chargées d'accueillir sa sœur, elles lui ont acheté chaque jour les meilleurs plats avec les tickets de céréales qu'elle avait laissés dans une boîte sur l'appui de la fenêtre. Quand elle est revenue de chez ses parents cinq jours plus tard, la boîte à tickets était vide. Elle a réprimandé sa sœur qui est repartie le soir même. Elle qui a commencé très jeune à gagner sa vie, a toujours occupé dans sa famille une place privilégiée et n'a jamais accordé beaucoup d'attention à sa petite sœur. Après avoir mis ce paquet dans la malle, elle poursuit ses rangements. Voici la veste rouille qu'elle aime tant. Elle avait chargé quelqu'un de la lui rapporter du chef-lieu de province. Elle lui allait parfaitement à l'époque, avec son petit col à l'occidentale. Dans une grande ville, elle paraîtrait démodée depuis longtemps, mais ici, elle est encore au goût du jour. Bien des filles admirent cette veste, elles ont cherché à la lui extorquer, elles auraient voulu qu'elle la leur cède, mais quoi qu'elles disent, elle n'y a jamais consenti, elle ne pouvait s'en séparer. Elle ne peut se résoudre à en faire cadeau à personne, elle décide de la mettre avec le pantalon de tergal noir qui lui va si bien et ses petites chaussures de cuir. C'est sa tenue la plus moderne, celle qu'elle préfère, celle qui la métamorphose. Elle continue à mettre de l'ordre dans ses vêtements, et curieusement, chacun fait renaître un souvenir. Elle ne croyait pas avoir tant de souvenirs. Ils lui font plaisir, mais en même temps lui serrent le cœur. Soudain, elle n'a plus tellement envie de mourir, non qu'elle ne soit plus décidée, mais elle préfère que ce ne soit pas aujourd'hui. Plutôt demain ! Tout en refermant sa malle, elle songe qu'elle n'a encore rien prévu pour ses tickets de céréales et son argent. Il faut qu'elle les envoie à ses parents. Elle possède plus de cent livres de tickets. Elle n'est pas allée les retirer pendant ses trois mois d'absence et quand elle y est allée, le comptable lui a proposé des tickets valables dans tout le pays. Elle se trouve à la tête de tous ces tickets, et comme elle ignorait que l'on pouvait les envoyer par lettre recommandée spéciale et qu'elle craignait qu'ils ne se perdent, elle les a gardés dans l'intention de les porter à ses parents quand elle irait les voir. Mais maintenant, elle n'a plus le temps d'attendre, soupire-t-elle. Elle repousse la malle sous le lit et lisse son drap. Il lui faut aussi régler la question des draps, du matelas et de la couette. Il faut de toute façon qu'elle les lave, cela fait plusieurs mois qu'elle ne l'a pas fait et elle remarque enfin, à leur odeur, qu'ils en ont grand besoin. Quand elle découvre tout ce qui lui reste à faire, elle se tranquillise. En tout cas, il lui est impossible de mourir aujourd'hui. Après le dîner, elle songe qu'il faut qu'elle aille reconnaître l'endroit où elle mourra, observer l'environnement. Quand elle a lavé son bol et ses baguettes, elle les confie à une camarade de chambre et s'en va toute seule.

C'est le bord du fleuve qu'elle a choisi.

Par la route qui descend en pente douce, elle arrive au quai, aperçoit le kiosque de vente des billets avec son toit de tuiles rouges. La pente devient raide pour descendre jusqu'à la berge. Emportée par son élan, elle descend en courant trop vite, si bien qu'il s'en faut de peu qu'elle entre dans l'eau. Elle s'arrête net, et entend soudain la puissante mélopée des porteurs d'eau. Cette fois, allez savoir pourquoi, leur chant retentit avec une force surprenante, au point que l'on ne peut l'écouter sans frémir. Instinctivement, elle s'arrête. L'appel des porteurs d'eau monte en puissance, tel un cri lancé à pleine voix. Elle se dit soudain que si demain, au moment qu'elle aura choisi pour mourir, ce cri retentit aussi fort, jamais elle ne pourra mourir sereinement. Elle s'éloigne donc le long du fleuve à la recherche d'un endroit que le chant n'atteigne pas.

On dîne tôt à la compagnie, et à présent, le soleil se couche tout juste, illuminant d'or vert les eaux du fleuve. Elle s'éloigne dans cette lumière dorée. Le crépuscule gagne, il masque le courant turbulent, enveloppe sa silhouette, mais le chant des porteurs d'eau continue à retentir longtemps dans les ombres confuses du soir. Elle ne peut échapper à ce chant qui la poursuit, elle s'entête à s'en aller toujours plus loin.

Pendant ce temps, il fait les cent pas, anxieux, à leur lieu de rencontre habituel. Jamais elle ne manque au rendez-vous, d'ailleurs, on ne peut même pas parler de rendez-vous, tant ces rencontres font partie d'eux-mêmes. Il se demande ce qui a bien pu lui arriver. Quand la lune paraît, il se précipite vers un autre lieu familier pour le cas où elle y serait. Mais là non plus, il n'y a personne, si ce n'est le vent qui souffle, solitaire, sur les touffes d'herbe. Il s'élance vers un troisième endroit… Il ne peut songer au suicide car il est bien plus réfléchi qu'elle, plus intelligent et plus raisonnable. Il comprend ce que la mort a d'effrayant. Il préfère une mauvaise vie à une bonne mort. Seul dans le vent qui siffle, il court d'un endroit à l'autre et finit par penser au bord du fleuve, le fleuve tel qu'il est ici, mais l'image qui lui vient à l'esprit, c'est cette rive bordée de saules pleureurs où ils se sont retrouvés en amont. Sans grand espoir, il court vers la berge, mais quand il arrive, elle est déjà partie. Si loin qu'elle aille, elle n'est pas arrivée à échapper à ces chants rythmés, tantôt forts tantôt doux, et elle rentre, dépitée. Ils se sont croisés. C'est la première fois qu'ils se croisent et se manquent. Il ne le sait pas, il se figure qu'il ne la retrouvera jamais. Elle a toujours répondu à son attente, à ses désirs, mais pas cette fois-ci. Il devine qu'il doit y avoir un motif sérieux, mais ignore lequel. Il est saisi d'un pressentiment, sans savoir s'il est bon ou mauvais. Inquiet, perplexe, il se sent abattu et un peu perdu. Le chant des porteurs d'eau s'est tu, on n'entend plus que le léger clapotis de l'eau contre la berge.

Elle dort déjà profondément à cette heure-là. Il y a fort longtemps qu'elle n'avait pas eu un sommeil aussi paisible, aussi réparateur, un sommeil sans rêves. Quand elle rouvre les yeux, de très bonne heure, le jour point à peine. Elle se sent fraîche et dispose. Le corps tiède mais sans sueur, la peau soyeuse, elle prend conscience de la saleté de sa couette et de son drap. Songeant à tout ce qu'elle doit faire ce jour-là, elle ne peut rester couchée davantage, elle se lève d'un bond pour découdre et laver sa literie. Sa housse de couette et son drap sont grisâtres, épais de crasse et flasques au toucher, comme enduits de graisse. L'eau claire du puits se déverse à grand bruit sur l'étoffe. Elle la frotte à deux mains pour l'imprégner d'eau. Ses mains ressentent un plaisir indescriptible au contact de l'eau froide. Puis elle savonne les draps avec près de la moitié d'un savon, verse de l'eau bouillante dessus et les brasse souplement sur la planche à laver pour faire mousser abondamment le savon. La mousse lui réchauffe les mains, elle foule allégrement le linge sur la planche, à grand renfort de *floc ! floc !*. Quel plaisir ! se dit-elle tout à coup, le cœur réjoui. Tandis qu'elle fait sa lessive, le voici qui arrive, l'air sombre, portant sa cuvette pleine. Il lui demande à mi-voix ce qui lui est arrivé hier soir.

« J'avais mal au ventre, à me tordre de douleur », répond-elle.

Il ne la croit que jusqu'à un certain point.

« Viendras-tu ce soir ? demande-t-il.

— Oui, je viendrai. »

Elle se dit que, de toute façon, ce soir elle va mourir, elle peut bien dire n'importe quel mensonge sans se sentir responsable. Il ne la croit qu'à moitié, la regarde à la dérobée, elle a l'air paisible. Ce calme l'inquiète, mais il n'ose pas l'interroger davantage car le vieux concierge vient tisonner la chaudière. Elle frotte ses draps joyeusement, projetant dans toutes les directions de la mousse blanche d'où s'échappent des bulles. Le soleil levant se reflète dans ces bulles qui s'irisent de toutes les couleurs de l'arc-en-ciel et s'envolent joliment. Elle se met à fredonner une chanson, d'une voix grave mais pas éraillée, que l'on peut trouver harmonieuse à la longue. Tout en chantant, elle continue à frotter son linge qui baigne dans la cuvette pleine de mousse blanche. Elle retrousse ses manches très haut pour plonger ses bras fermes et bronzés dans la mousse à la fois fraîche et tiède. Elle a conscience de la force de ses deux bras. Elle frotte ce gros tas de linge sans plus d'effort que si c'était un mouchoir. Quand le lavage est terminé, après un rinçage à l'eau claire, drap et housse sont d'un blanc surprenant. Quand elle les tord et les étend, le soleil est déjà haut. Les rayons qui frappent les draps immaculés projettent sa silhouette dessus. Elle s'aperçoit, bras levés pour lisser les draps. « Est-ce moi ? » se demande-t-elle en regardant cette silhouette qui lui semble inconnue, puis elle ramasse sa cuvette et s'éloigne. Elle décide brusquement de prendre une bonne douche.

Elle tire beaucoup d'eau, une pleine cuvette pour le visage, une pour les pieds, et le seau en plastique plein lui aussi. Elle transporte les récipients l'un après l'autre dans la cabine de douche puis s'y enferme. Tout est noir à l'intérieur, excepté l'eau claire qui miroite dans les récipients, comme trois puits profonds qui l'encerclent. Elle plonge la tête dans la première cuvette pour se mouiller les cheveux et le cuir chevelu imprégnés de graisse et de saleté. La tête la démange comme si on la piquait avec des épingles, mais elle ressent un bien-être indicible et ne peut réprimer un frisson. Elle s'asperge d'eau avec sa serviette et chaque partie de son corps réagit comme si on lui enfonçait des aiguilles. Elle a l'impression de sortir tout juste d'un long engourdissement. Sa peau se réveille peu à peu, ses pores s'ouvrent pour aspirer puis rejeter la vapeur brûlante, rejetant ainsi les souillures internes de son corps. Elle se sent parfaitement détendue. Elle se savonne à plusieurs reprises, et la mousse devient de plus en plus abondante. Un lavage après l'autre, sa peau devient fine, douce, délicate. Une fois séchée et rhabillée, quand elle ouvre la porte, éblouie par le soleil proche du zénith, elle ferme instinctivement les yeux. A ce moment-là, elle n'a plus tellement envie de mourir. Elle se sent bien, elle ne se souvient pas d'avoir jamais été aussi bien. Sur ce, elle décide de retarder l'échéance d'un jour.

Ses draps séchés au soleil sont souples et moelleux, avec une bonne odeur de grand air. Couchée toute propre dans ses draps frais et nets, elle songe qu'elle a bien fait de rester en vie aujourd'hui, puis s'endort paisiblement. Tandis qu'elle dort profondément, il court sans arrêt d'un lieu de rendez-vous à l'autre à sa recherche, l'esprit envahi de pressentiments dont il ne saurait dire s'ils sont bons ou mauvais, en plein désarroi et en même temps torturé par le désir. En grinçant des dents, il se dit que s'il la retrouve, il va la mettre en pièces, la réduire en poussière. Il sent confusément qu'elle l'a trahi, qu'elle a trahi leur pacte secret. Sa fureur s'accroît. Cette trahison a un goût de fuite, comme si elle s'esquivait en l'abandonnant tout seul dans ce gouffre de souffrance infinie. Comment peut-elle être assez cruelle pour le laisser ainsi tout seul se débattre sans espoir dans ce gouffre, sans la moindre prise où se cramponner pour en sortir ? Il va et vient, furieux, dans l'herbe jusqu'au genou, piétine les branches mortes qui lui griffent les chevilles et le font saigner, puis finit par se calmer un peu et s'asseoir par terre, découragé, la tête dans les mains. Un insecte grimpe sur son pied, puis le long de son mollet sans qu'il le remarque et se met à grésiller sans vergogne.

Elle se dit que c'est aujourd'hui, irrévocablement, qu'elle doit mourir. Elle ne peut différer davantage, elle n'a aucune raison de le faire. Comme elle va mourir, elle peut débiter tranquillement au garçon furieux une série de mensonges, elle peut manger gaiement et plaisanter avec les autres sur un pied d'égalité. Parce qu'elle va se donner la mort, elle est déchargée de tous les soucis qui lui pesaient sur le cœur. Elle n'imaginait pas que sa décision de mourir la rendrait si joyeuse. Elle se dit, soulagée, qu'elle a eu raison de prendre un tel parti. Elle est si détendue et allègre qu'elle ne peut se résoudre à mourir, elle s'obstine à rester en vie, un jour après l'autre, pour prolonger ce plaisir. Chaque jour, elle prend une douche pour rester parfaitement propre. Comme elle redoute de se souiller, elle réprime consciemment tout désir. Elle éprouve cependant une certaine honte, comme si elle trompait quelqu'un.

Finalement, c'est aujourd'hui qu'elle va mourir. Le soir, elle s'en va seule au bord du fleuve. Le silence règne, les bateaux sont partis, le kiosque de vente des billets est fermé, il n'y a plus personne. Les porteurs d'eau se reposent, ils ont interrompu leur chant. Elle marche un moment le long de la berge, puis s'arrête. Sans lune ni étoiles, les eaux noires du fleuve s'agitent comme un fauve au souffle lent et puissant. Elle frissonne soudain, saisie par la peur. A cet instant, la lune surgit des nuages et le chant des porteurs d'eau reprend avec une force sans égale. Terrorisée, elle ne peut réprimer de violents frissons. Elle comprend enfin que mourir n'est pas si simple, c'est même très difficile. Quand on meurt, on ne peut ressusciter, c'est un départ sans retour. Elle se met à pleurer. De grosses larmes roulent sur son visage. La mélopée des porteurs d'eau se fait agréable, toute en modulations qui résonnent au-dessus des eaux. Le clair de lune illumine tout, il fait ressortir l'ombre dansante des saules sur l'autre rive. Mais est-elle absolument obligée de mourir ?

Elle se demande si la mort est vraiment inévitable.

En pleurs, elle s'interroge : « Est-ce que je peux ne pas mourir ? C'est si bon de vivre ! » Elle sanglote, en plein désespoir.

« Ne pas mourir, est-ce possible ? supplie-t-elle. A condition que je m'applique dorénavant à vivre sagement, sans rien faire de mal. » Elle n'obtient aucune réponse et sanglote désespérément.

Au même moment, il sanglote désespérément lui aussi, ailleurs, dans un lieu couvert d'herbes folles où ils avaient l'habitude de se retrouver. Il a fini par comprendre qu'elle l'a berné, qu'elle l'a laissé tomber. Mais comment a-t-elle pu l'abandonner ? Lui, si faible, si pitoyable ! Il se roule par terre en gémissant, indifférent aux pierres et aux branches mortes qui le blessent. Il sanglote, le cœur brisé. Il se demande comment il pourra continuer à vivre, une vie telle une longue nuit sans fin, sans la moindre lueur annonçant l'aurore. Comment peut-elle se montrer aussi dure et injuste ! C'est ensemble qu'ils auraient dû subir cette épreuve, ensemble qu'ils avaient le devoir de l'affronter. Que pouvaient-ils faire d'autre ?

Elle sanglote au bord du fleuve, assise sur la berge, ses mains enserrant ses genoux entre lesquels elle enfouit sa tête. Les modulations du chant des porteurs d'eau semblent un cri d'appel, un cri à la recherche d'enfants perdus. La lune éclaire par intermittence le chemin du retour pour l'enfant égarée.

Il plonge la tête dans les hautes herbes, il s'engloutit dans l'obscurité herbue. Il gémit, perdu dans ces épaisses ténèbres, il gémit sur la vie de souffrance et de solitude qui l'attend.

Elle se faufile comme un voleur dans la cour, puis dans sa chambre. Persuadée qu'elle n'aurait jamais dû revenir, elle est submergée de honte. Son estomac importun crie famine, son ventre émet de bruyants gargouillis. Elle doit se contenter de grignoter, toute honteuse, la moitié d'un *mantou* qui lui reste du dîner. Elle a honte d'être en vie, comme si elle avait volé cette vie. La douce saveur du petit pain calme son estomac. Elle se glisse silencieusement sous sa couette, se demandant comment elle pourra affronter le regard des autres demain matin. Pourtant, le lendemain, ils la traitent comme à l'ordinaire, sans faire de différence. Elle s'en étonne et leur en est reconnaissante. Elle est particulièrement active ce jour-là : elle aide une compagne de chambre à transporter son eau chaude, aide le vieux concierge à balayer la cour. Quand l'eau bout dans la chaudière pour le thé, elle court chercher la pancarte « eau bouillante » pour l'accrocher à la chaudière. Sa journée se déroule sans encombre, et quand elle commence à recouvrer son calme, elle le rencontre à la porte du réfectoire. De saisissement, elle renverse le bol de gruau de riz qu'elle tenait. Il a passé toute la journée couché dans sa chambre, elle ne l'a pas vu, n'a même pas pensé à lui une seule fois. Elle prend soudain conscience de ce fait qu'elle est absolument incapable d'expliquer. Il la regarde, l'air sombre, lui demande des explications, et elle bégaie qu'elle a encore eu mal au ventre.

« Je vais te faire avoir mal au ventre tout ton content ! »

Et il lui lance un coup de pied dans le bas-ventre. Elle se plie en deux et laisse échapper son bol. Elle ne souffle mot, convaincue qu'elle a bien mérité cette correction, puisqu'elle n'est pas morte alors qu'elle était résolue à mourir. Les autres les entourent en poussant les hauts cris, se saisissent de lui puis d'elle. Ils sont surpris qu'elle ne cherche pas à rendre les coups ni même à se défendre en paroles. Elle se contente de ramasser son bol en vitesse et elle se sauve. Traîné par les autres, il se débat machinalement tout en proférant des grossièretés que personne ne comprend. Elle monte l'escalier jusqu'à sa chambre, se jette sur son lit tout en criant en elle-même : « Je ne le ferai plus, de toute façon, c'est fini, je ne veux plus faire cela. Je suis prête à tout à condition de ne plus le faire. » Elle a un peu mal dans le bas-ventre, il a mis toute sa force dans ce coup de pied. La légère douleur qu'elle éprouve semble vivante, elle rampe, la démange, la provoque. Soudain saisie de crainte, elle découvre que le désir relève la tête, il renaît depuis qu'elle a décidé de ne pas mourir. Ce soir-là, elle songe avec inquiétude qu'il l'attend sûrement à l'endroit habituel. Elle est sur le point d'y courir, le cœur en déroute, le corps passant du chaud au froid comme dans un accès de paludisme. Elle se sent vraiment mal, victime d'un mal incurable. Elle s'exhorte à grands cris en elle-même : « Il ne faut pas y aller, surtout pas ! » « Juste une fois, la dernière, il est tellement à plaindre ! » lui souffle une autre voix. Elle se rend bien compte qu'en fait, ce n'est pas lui qu'elle plaint, mais elle-même. Elle y voit clair, mais ne parvient pas à anéantir cette volonté à la fois douce et tenace. Elle sait pourtant que si elle y va, elle n'arrivera pas à en finir, sûrement pas. A ce moment-là, elle devient parfaitement lucide, comme si elle comprenait tout, le vrai et le faux, le bien et le mal qui règnent en ce monde. Elle s'aguerrit dans ce combat intérieur entre deux déterminations. Finalement, cette nuit-là, elle n'y va pas, non sans de terribles emportements. Ce qui la convainc de ne pas y aller, c'est la décision qu'elle prend pour se consoler : elle ira demain soir.

Elle passe toute la journée du lendemain dans l'inquiétude, le désir devenant plus vif, plus intense, d'autant plus qu'il n'a pas été assouvi depuis des jours. Quand vient le soir, n'y tenant plus, elle court à l'endroit habituel, mais il ne s'y trouve pas. Elle se précipite vers un autre endroit, désert lui aussi, puis vers un troisième et un quatrième, toujours sans succès. Elle trépigne, regarde autour d'elle, déçue. La veille au soir, ayant perdu tout espoir, il a cessé de l'attendre. Une fois encore, ils se sont manqués. C'est la deuxième fois, présage que leur destin doit se séparer. Quand elle rentre, désemparée, au siège de la troupe, le studio est éclairé, elle entend le piano, elle entend des rires et des chants. Elle frissonne : heureusement qu'il n'y était pas, c'est une chance. Son acte lui cause une peur rétrospective, son cœur est plein d'effroi, mais aussi de joie. Il n'y était pas, c'est une bénédiction des dieux.

Les eaux du fleuve redeviennent limpides, l'épidémie de dysenterie s'atténue. Jour après jour, la puanteur disparaît des rues, remplacée par le suave parfum des fleurs de sophoras. Arrive l'été, avec une chaleur normale, un franc soleil baigne toutes les plantes qui croissent, verdoyantes. Dans les champs des environs, les beaux légumes poussent à vue d'œil. Une centaine de magnétophones apparaissent dans les rues de la ville ; ils diffusent tous les jours des chansons célèbres à Hong-Kong, Taiwan ou sur le continent, sans que l'on sache très bien si ce sont les chansons populaires qui font se multiplier les magnétophones ou les magnétophones qui propagent les chansons. Quand une nouvelle boutique s'ouvre, pour attirer l'attention, elle diffuse à la porte des chansons qui soupirent de façon incongrue sur l'inconstance de l'amour, sans aucun rapport avec le commerce en question. Même dans les cortèges de funérailles, on entend des enregistrements de chansons d'amour. Les chansons à la mode ne peuvent échapper au thème de l'amour, de même que la vie des gens ne peut échapper au sujet de l'amour. Ces chansons d'amour font perdre sa tranquillité à la petite ville qui devient bruyante. Les bateaux qui continuent à faire escale deux fois par jour apportent des choses étranges telles que les magnétophones et Deng Lijun [1], ou encore ces jeux de *gupai*[2] moitié noirs, moitié blancs, qui avaient disparu depuis longtemps. De même, les bateaux emportent des choses étranges, telles que, vers le

1. Deng Lijun : chanteuse taiwanaise très populaire en Chine continentale dans les années 1980.

2. *gupai* : jeu de stratégie dont les pièces ressemblent à nos dominos mais dont les règles sont beaucoup plus complexes.

neuvième jour du neuvième mois lunaire, des paniers entiers de crabes à quatre pinces et huit pattes. Ou encore ce couple d'étrangers peu bavards du lycée qui est reparti de l'autre côté de la Terre vivre parmi les gens aux cheveux blonds et aux yeux bleus, là où il fait nuit quand il fait jour chez nous et où il fait jour quand nous sommes dans la nuit. Même les « chats sauvages », quand ils passent par ici sur leur bateau, laissent aussi quelques babioles, comme des petits sacs dont les femmes couvrent leurs seins, des culottes pas plus grandes qu'un poing et des parapluies étrangers qui se plient en trois et s'ouvrent d'un seul coup. Les « chats sauvages » sont devenus riches, ils portent au poignet une montre qui brille.

Leur histoire n'est pas terminée, il s'est juré qu'il ne la lâcherait pas aussi facilement. Elle aussi trouve anormal qu'il la laisse aller ainsi, livrée à son angoisse. Son corps la trahit. Contrairement à son esprit, il aspire follement à toucher le corps du garçon, à se frotter contre lui et ne regretterait pas de mourir torturé par lui. Elle est même sur le point de capituler, seul le regard sombre et méchant du garçon l'en empêche. Elle sent qu'il ne la comblera pas car il sait qu'elle est sur des charbons ardents, il sait qu'elle en viendra à le supplier, aussi manifeste-t-il une extrême arrogance. Bien que lui aussi soit dévoré de désir, qu'il rêve nuit après nuit de posséder cette fille, il est résolu à se venger, à ne pas lui donner ce qu'elle attend. Leur esprit à tous deux s'arc-boute, ils croisent le fer pour protéger leur corps.

Elle qui a provoqué l'affrontement le regrette presque, et des scènes de plaisir avec lui hantent ses rêves chaque nuit. Elle se demande si l'abstinence actuelle est préférable au plaisir d'avant. Son corps manifeste une soif intolérable qui revient de façon cyclique. Chaque paroxysme l'éprouve autant qu'une maladie. La crise passée, elle se détend et rassemble ses forces pour affronter la crise suivante. Elle maigrit, mais ne se soucie guère de cet amaigrissement qui lui redonne un certain charme. Elle consacre toute son attention à maîtriser son désir physique. Dans ces moments-là, elle aspire particulièrement à le voir, et s'il lui faisait le moindre signe, elle se jetterait vers lui à corps perdu. Mais il ne lui lance même pas un regard. Il a conscience de la violence de leur mutuel désir. Pour l'instant, il résiste à ce désir afin de la voir revenir complètement vers lui, sans la moindre restriction. Il la connaît trop bien, il sait la vigueur des caresses qu'exige son corps robuste. Il prévoit qu'elle viendra ramper à ses pieds. Sa clairvoyance lui fait remarquer la maigreur et la mauvaise mine de la fille, il s'en réjouit secrètement. Sa volonté de la punir est si forte qu'il parvient à juguler son propre désir.

Quant à elle, elle s'obstine mollement en raison de l'hostilité du garçon. Sans la punition qu'il lui inflige, cette obstination s'effondrerait et elle renoncerait à ses bonnes résolutions. Mais une telle persévérance est par trop pénible, trop dangereuse ; elle redoute à chaque instant de ne pas pouvoir tenir bon, de courir vers lui et de lui enlacer les jambes sans le lâcher malgré ses coups de pieds. Elle est retournée deux fois au bord de la rivière, mais la mort est trop effrayante et sa volonté de vivre si forte, le chant des porteurs d'eau si obsédant, qu'elle est repartie.

L'un comme l'autre, ils s'entêtent. Elle pense qu'il est vraiment fâché et lui est surpris de son obstination. Il ne peut s'empêcher de faiblir, et sa faiblesse fait rejaillir les flammes du désir avec une violence telle qu'il ne parvient plus, malgré ses efforts, à les maîtriser. Il se met à surveiller ses mouvements de près, à la recherche de l'occasion qui lui permettra, coûte que coûte, de l'attraper. Un soir qu'il la voit sortir seule de la cour, il la suit de loin.

Par la rue principale, elle gagne le chemin qui conduit au bord du fleuve. Ce chemin, blanc sous le clair de lune, descend en pente douce. Elle arrive au quai, puis sur la rive, s'éloigne le long de la berge. Il accélère le pas pour se rapprocher d'elle. Ignorant sa présence, elle ralentit et finit par s'arrêter. Il bondit alors sur elle. Surprise, elle se débat vigoureusement. Même si elle aspire à cette attaque, même si elle est venue au bord du fleuve parce qu'elle était torturée par le désir, même si sa volonté est si faible qu'elle va s'effondrer dès qu'elle touchera le garçon, elle est vraiment terrorisée car elle sait que, cette fois, tous ses efforts vont être réduits à néant. Elle a l'impression d'être debout au bord d'une falaise, de voir les nuages blancs qui flottent à ses pieds, elle sait qu'au-dessous s'étend une gorge insondable. Elle se débat vraiment, mais lui a perdu toute raison, il est comme une bête sauvage décidée à se battre jusqu'à la mort. A bout de forces, elle se défend en vain. Parce que son corps est resté si longtemps solitaire, que le désespoir a détruit son désir, qu'elle oppose une résistance sincère et énergique, parce qu'à cet instant elle n'y est pas préparée, de façon inattendue, elle est submergée par une immense sensation de jouissance telle qu'elle n'en avait jamais connu. Cette plénitude efface tout ce qu'elle avait vécu auparavant. On peut mourir sans regret quand on a connu un tel instant. Cette joie irradie jusqu'aux moindres parcelles de son corps, sa jouissance n'a jamais atteint de tels sommets. Elle a un goût d'éternité, comme une cérémonie d'adieux parfaitement réussie. Lui aussi ressent cet instant comme exceptionnel. Il s'écarte pour s'étendre sur le dos à côté d'elle et observe le ciel étoilé. A cet instant, le chant des porteurs d'eau monte de la rivière perdue dans le brouillard comme un chœur formé de cent voix à l'unisson, puissant et pourtant maîtrisé. Etendus l'un près de l'autre, ils sont saisis par un sentiment étrange et inconnu. Un lourd pressentiment pèse sur eux.

Les jours suivants, elle se sent bizarre. Elle commence à avoir envie de manger des mets acides alors que la viande et le poisson qu'elle a toujours aimés la dégoûtent. Elle est prise de nausées, d'étourdissements, puis les malaises se calment. Ses règles régulières, même aux pires moments, cessent. Les fluctuations de l'inquiétude et du désir liées à cette période s'apaisent. Une partie de son corps s'alourdit au fil des jours, tandis qu'elle éprouve une détente sans égale, comme si elle était déchargée d'un fardeau longtemps porté. Elle finit par comprendre qu'elle va devenir mère.

Elle se bande étroitement le ventre pour ne pas dévoiler son état. Elle est tellement ignorante qu'elle espère détruire cette chose en elle en agissant ainsi. Pourtant, elle chérit cette vie qui palpite dans son ventre, ressent une vive curiosité envers elle. La nuit, dans sa couette, elle relâche le bandage et se caresse le ventre, comme si elle touchait cette tendre vie en elle. A présent, elle est parfaitement calme, comme une eau paisible. Les flammes qui l'agitaient semblent avoir été absorbées, éteintes par cette frêle vie. Elle redoute que les brutalités du garçon ne la détruisent. C'est pourquoi elle n'ose pas sortir seule, n'ose aller nulle part, elle reste dans sa chambre. Elle ne se demande pas comment elle va faire, elle ne songe même pas que cette vie qu'elle porte en elle va finir par surgir au grand jour et entraîner des réactions dans son entourage. Elle se contente de veiller jalousement sur elle, de la garder dans la paix de son cœur.

Par la suite, son ventre s'arrondit de plus en plus. C'est le garçon qui le remarque le premier. Il la fixe longuement, cherche l'occasion de l'interroger. Un jour qu'elle descend pour se rendre aux toilettes à l'heure de la sieste, elle le voit dans la cour. Accroupi à la porte du studio comme s'il guettait l'occasion, il lui demande : « Ton ventre… » Sans attendre la fin de la question, elle répond aussitôt : « Ça ne te regarde pas » puis retourne en hâte dans sa chambre. Elle redoute qu'il la blesse au ventre, elle ne permettrait à personne de lui faire du mal. Ensuite, on commence à faire des remarques, la direction la convoque pour l'interroger. Elle commence par nier, puis reconnaît le fait quand elle ne peut plus faire autrement, mais elle refuse obstinément de dire qui est responsable. Elle déclare qu'elle est seule en cause ; naturellement, c'est une absurdité ridicule. La direction mentionne le nom du garçon, ce qui semble évident aux yeux de tous, mais elle secoue la tête, effrayée : « Non, non, non, c'est moi, c'est moi seule. » Puis elle se met à pleurer à fendre l'âme. La direction veut la faire avorter, mais elle préférerait mourir plutôt que d'y consentir. Elle implore, à genoux, qu'on l'épargne. On menace de l'expulser de la troupe. Elle sèche ses larmes et déclare alors que c'est aux dirigeants d'en décider.

Pendant ce temps, caché dans la réserve de meubles poussiéreuse à côté du bureau, il colle son oreille contre le mur, un bout de toile d'araignée s'accroche à sa tête. Il entend la conversation filtrer à travers les briques dont le ciment est effrité. Il sait que c'est lui qui a provoqué ce malheur. Quel malheur ! Quel terrible malheur ! Il glisse contre le mur, se retrouve assis par terre, recroquevillé sur lui-même. Ce péché qu'ils ont commis, il fallait bien qu'ils en soient punis, cela ne fait aucun doute pour lui. Mais en fait, il n'était pas préparé, jamais il n'aurait imaginé cela. Maintenant, voilà la punition qui arrive. Leur passion a produit un fruit. Sans le vouloir, ils ont semé une graine de vie. Que va devenir cette vie ? Qu'est-ce que cela signifie ? Que va-t-on leur faire ? Il est terrorisé. Cette vie inattendue devient à ses yeux un profond et dangereux fossé qui va les éloigner l'un de l'autre. Il se figure que cette nouvelle vie les sépare sans songer le moins du monde qu'elle crée entre eux le lien le plus étroit. Les sanglots de la fille, qui lui parviennent à travers le mur, le bouleversent. Il ne peut retenir ses larmes, plein de pitié, désespéré pour elle, pour lui, pour tout ce qu'ils ont partagé. Il sait que tout cela est terminé.

Elle accouche à l'aube, un jour d'automne. Tous les membres de la troupe vont la voir à l'hôpital, sauf lui qui reste au milieu du studio sombre et vide, assis sur le plancher dur comme un désert aride. Prostré, la tête enfouie entre les genoux qu'il entoure de ses bras. dans un silence absolu, sans le moindre bruissement d'insecte, l'esprit engourdi, incapable de réfléchir, incapable d'y voir clair, il se demande ce qui va advenir, il se demande comment tout cela a pu arriver. Cette vie qui s'est formée en elle ne lui apprend rien. Le sang neuf qui irrigue cette vie ne peut se mêler au sien. Il ne peut ressentir le bourgeonnement ni le mûrissement de cette vie, il ne peut sentir que ce don de la vie crée une responsabilité et un amour auxquels on ne peut se dérober. En fait, la moitié de cette vie vient de lui, mais il doit tenter de la comprendre de l'extérieur et l'éducation qu'il a reçue ne lui est d'aucun secours. De plus, obsédé par sa propre douleur, il ne peut espérer aucune aide, il est incapable d'agir. A partir de cet instant, elle l'a emporté sur lui.

Etendue dans une mare de sang, elle est si épuisée qu'elle n'a même plus la force de pleurer. Dans cette mare de sang, elle met au monde des jumeaux, un garçon et une fille.

Quand on entend les nouveau-nés pleurer à tour de rôle, personne n'a le cœur de la chasser de la troupe. On se contente d'inscrire une faute grave dans son dossier[1] et on lui assigne la tâche de concierge. En effet, quelques jours avant la naissance, le vieux concierge est tombé au milieu de la cour en allant allumer la chaudière. Quand on l'a découvert, victime d'une hémorragie cérébrale, il ne respirait plus.

Elle habite la loge de concierge avec ses deux bébés. Chaque jour, elle reçoit puis distribue les journaux et le courrier, allume la chaudière pour l'eau du thé et répond au téléphone. Son modeste salaire doit les faire vivre tous les trois, non sans difficulté. Des gens bien intentionnés se mêlent de lui suggérer de faire adopter un des enfants, mais elle s'y refuse absolument. En effet, elle a entendu dire qu'il ne faut pas séparer les jumeaux, ils doivent être élevés ensemble, surtout quand ils sont garçon et fille. Ils risquent de ne pas vivre si on les sépare. Même si elle a du mal à joindre les deux bouts, elle est heureuse, le cœur paisible comme les eaux d'un lac. Jamais elle ne s'est sentie aussi propre et pure. Les flammes qui l'ont torturée pendant des années ont fini par s'éteindre. Elle a bel et bien survécu au désir qui la brûlait. Elle se figure que c'est grâce à

1. Pour tout Chinois existe, dès l'école, un dossier dans lequel sont consignées des appréciations sur son comportement, bon ou mauvais aux yeux du régime, qui le suivra tout au long de sa vie.

ses enfants, auxquels elle voue une reconnaissance et un amour sans bornes. Elle s'efforce de les protéger de son mieux de tout mal. Curieusement, elle croit qu'ils sont toujours en danger et que le plus grand danger vient de lui. Elle ne le laisse pas les approcher de crainte qu'il ne les étrangle, comme il a failli le faire avec elle. Elle nie avec la dernière énergie tout lien qu'il pourrait avoir avec les enfants, sans se douter qu'il a juste un peu de curiosité à leur égard, et même de la crainte. Cependant, comme s'ils ne voulaient pas le laisser en paix, ils lui ressemblent de plus en plus en grandissant. Tout le monde remarque les ressemblances : le front, le nez, la bouche, il ne peut échapper au piège des liens du sang. Il doit se contenter de leur jeter un bref coup d'œil de loin car la mère l'évite et se sauve en toute hâte quand elle l'aperçoit. Pourtant, ce rapide coup d'œil lui suffit pour saisir la ressemblance. Surpris et effrayé de voir que les enfants, par intuition, tentent de l'attraper, il ne lui reste qu'à fuir. Il ne parvient pas à admettre le fait qu'il a engendré des enfants. Non, non ! il n'en a pas, il n'y est pas prêt, il ne comprend pas ce que cela veut dire, aussi est-il voué à ne pouvoir être délivré, voué à endurer sans cesse ces flammes qui le brûlent. Comme elle a changé de vie et qu'il est seul à le subir, ce feu est encore plus violent. Il cherche par tous les moyens à évacuer ce feu qui le brûle comme de la lave.

Au début, il s'adonne au jeu. A la table de mah-jong, personne n'est plus tendu que lui. Les yeux rouges, les mains agitées de mouvements convulsifs, il fait vibrer toute la table par le tremblement de ses jambes. Il gagne de grosses sommes, reperd tout ce qu'il a gagné plus son capital, vend sa montre et fait même des dettes. Puis il songe à se marier. Dans son petit bourg natal, sa famille lui trouve une épouse et le mariage est célébré trois mois plus tard. Leur vie de couple n'a rien d'harmonieux. A chaque fois que sa femme vient lui rendre visite, elle repart plus tôt que prévu. Quand on lui demande pourquoi tant de hâte, elle déclare, tout en larmes, qu'elle ne peut en supporter davantage, sans préciser de quoi il s'agit, puis s'éloigne en s'essuyant les yeux. Il ne cherche pas à la retenir, il se contente de sourire tristement. Il ne s'entraîne plus depuis longtemps, boit jusqu'à s'enivrer. Il tombe malade, atteint de néphrite, et quand il est guéri, la compagnie qui ne peut guère le garder lui trouve une place de vendeur dans un grand magasin. Il estime que, pour un homme comme lui, c'est un métier dégradant de rester derrière un comptoir et décide, dans un accès de colère, de retourner dans son pays natal. Sa femme lui trouve une place de caissier au dépôt de céréales du bourg. Le jour de son départ, tout le monde l'accompagne. Quand il passe devant la loge, elle est debout devant la porte, un enfant dans chaque bras, et regarde des gamins jouer au *fangbao*[1] dans la rue. Chose surprenante, elle ne s'enfuit pas, mais l'observe. Lui aussi la regarde fixement, puis passe son chemin.

A ce moment-là, ils sont tous deux adultes, il a vingt-huit ans et elle vingt-quatre. Des gens toujours prêts à rendre service ont cherché à la marier. Elle n'y est pas opposée, car la solitude lui pèse. Mais personne ne veut d'elle, car elle est célèbre dans toute la ville pour être un « soulier percé », une femme de mœurs légères, qui a deux enfants naturels nés de père inconnu. Quand on parle d'elle, on crache trois fois par terre pour chasser la souillure et conjurer le mauvais sort qui s'attachent à elle. En vérité, une fois libérée de la frénésie du sexe, elle est plus propre et pure qu'elle ne l'a jamais été. Hélas ! personne n'a conscience de cela, même pas elle qui persiste à se sentir inférieure. Elle ne se plaint pas que personne ne veuille l'épouser. Elle travaille dur pour élever ses deux enfants.

Les années coulent peu à peu comme le cours du fleuve, de même que les eaux du fleuve glissent lentement comme les années. La mélopée des porteurs d'eau a faibli, jour après jour. La ville a construit un château d'eau qui puise l'eau directement dans le fleuve. Comme il n'y a plus de travail pour les porteurs d'eau, leur chant se tait, on cesse de l'entendre,

1. *fangbao* : jeu consistant à poser un carré de papier par terre et à taper du pied juste à côté pour le retourner. Le gagnant est celui qui en retourne le plus.

il tombe dans l'oubli. Pourtant, lorsque la troupe part en tournée, qu'elle reste seule avec les enfants pour garder les bâtiments désertés, il arrive parfois que dans son profond sommeil, au milieu de ses rêves paisibles, retentissent vaguement les vocalises du chant des porteurs d'eau. Les petits grandissent, ils ont appris à dire « maman », ils lancent cet appel à tous les échos. Ils adorent jouer sur le plancher du studio dont la peinture rouge se décolore de plus en plus. A leurs yeux, ce plancher est immense, entouré de miroirs de toutes parts. Quand ils sont au milieu de la pièce, qu'ils se découvrent de tous les côtés dans les miroirs, effrayés, ils se sauvent. Mais ne pouvant maîtriser leur curiosité, ils reviennent lentement, main dans la main, pour s'observer, immobiles. Appuyée au montant de la porte, la pancarte portant l'inscription « eau bouillante » dans la main, elle observe avec un sourire mélancolique les enfants qui se roulent à terre.

« Maman ! crient les enfants.

— Oui ! » répond-elle. C'est un appel capable de la sortir du sommeil le plus profond.

« Maman ! appellent à nouveau les enfants.

— Oui !

— Maman ! »

Le studio vide renvoie en écho les appels des enfants répétés par jeu. Tels des chants venus du ciel, ils créent un sentiment de solennité sacrée. Solennellement, elle s'incline en retour.

Achevé d'imprimer
sur les presses
de l'imprimerie Horizon
200, avenue de Coulins
à Gémenos

N° d'impression : 0704-197

Dépôt légal : août 2007

Imprimé en France